Metta
Kinau
Verlag

Die kleine Märcheninsel

Herausgegeben von Hartwig Hansen
184 Seiten 14,4 × 17,5 cm, geb.,
Metta Kinau Verlag Bettina Plenz und Dietrich Meine,
Ottenser Hauptstr. 48 2000 Hamburg 50 ☎ 040 - 39 32 25
1. Auflage August 1988
ISBN 3-920641-06-X >2480<

Gedruckt auf Recyclingpapier (110g/qm), hergestellt aus 100% Altpapier
Druckwerkstatt Ottensen, Ralf Plenz u. Jürgen Illau, Ottenser Hauptstr. 48
2000 Hamburg 50 Buchbindearbeiten: C.H. Büge, Celle

Die kleine Märcheninsel

Herausgegeben von Hartwig Hansen

Metta
Kinau
Verlag

Rangholm
ausgedacht von
Kai Riedemann
abgeschrieben und illustriert von
Barbara Eckholdt

Wenn der Wind übers Meer zu uns kommt, erzählt er manchmal von Rangholm. Dann sitzen alle still zusammen und schließen die Augen. Sie lauschen dem Wispern im hohen Gras und dem Rauschen über den Deichen.

Der Wind erzählt von einer kleinen Insel im Meer. Rangholm. Er erzählt von den Fischern, von den Frauen, von den Knechten und Mägden. Und von den Kindern. Es ist eine alte Geschichte, die er uns erzählt. Schon seit langer Zeit bringt er sie mit sich übers Meer.

Es ist nicht nur die Geschichte von Rangholm. Es ist auch die Geschichte von Julia und Jarna, den beiden Fischertöchtern.

Sie lebten in einem kleinen Fischerhaus, direkt hinter dem Deich. Jedesmal, wenn die Sonne aufging, fuhr ihr Vater hinaus aufs Meer. Und jedesmal, wenn die Sonne am höchsten stand, kehrte er mit seinem Fang zurück. «Heho!» rief er schon von weitem, denn die Männer und Frauen von Rangholm erwarteten ihn Tag für Tag am Hafen. So war es, seit Julia und Jarna denken konnten.

Bis zu jenem Sturm im Herbst. Zuerst war es nur ein leiser Wind, der an den Blättern rüttelte. Aber je länger er wehte, desto wilder wurde er. Er zerrte an den Fensterläden, er griff nach den Strohdächern, er knickte die Bäume.

Der Fischer saß mit seinen beiden Töchtern in der kleinen Hütte direkt hinter dem Deich. Er konnte nicht auf See hinaus, denn der Wind war zu stark und die Wellen waren zu hoch.

Am ersten Tag erzählte er seinen Töchtern drei alte Geschichten. Am zweiten Tag erzählte er ihnen zwei alte Geschichten. Am dritten Tag nur noch eine. Und am vierten Tag schwieg er ganz. So verging eine volle Woche ohne ein Wort.

Der Sturm blies weiter über Rangholm und hatte längst die Fischerboote mit sich genommen. Auch das Meer stieg. Die Wellen schlugen immer höher gegen den Deich. Und die Männer und Frauen von Rangholm saßen still in ihren Hütten und begannen zu hungern. So verging wieder eine volle Woche.

Da schlichen sich die beiden Fischertöchter hinaus. Ganz leise, denn ihr Vater schlief. Sie stellten sich auf den Deich, öffneten ihre blonden Zöpfe und hielten Wind und Meer die geröteten Gesichter entgegen.

«Halt ein, Wind!» riefen sie über die Wellen. «Halt ein!»

Und der Wind antwortete:

«Sollen wir Rangholm verschonen», fauchte er und flocht ihre Haare wieder zu Zöpfen, «so müßt ihr uns drei Dinge opfern, die euch viel bedeuten! Seid ihr bereit?»

Die beiden Mädchen begannen zu frieren. Aber sie nickten. Und sie faßten sich ganz fest an den Händen.

«Gebt uns...», heulte der Wind laut, «...eure Namen!»

Julia und Jarna, die beiden Fischertöchter, knieten nieder auf dem Deich. Und als das Wasser sich wieder ins Meer zurückzog, da schrieben sie ihre Namen in die schwarze aufgewühlte Erde des Deiches. Die Wellen kamen mit neuer Macht, schlugen über den Buchstaben zusammen und nahmen sie mit sich fort.

«Gebt uns...», heulte der Wind noch lauter, «eure Sprache!»

Die beiden Fischertöchter richteten sich auf, schlossen die Augen und warfen dem Wind ihre Worte entgegen. Der entriß ihnen die Stimmen und trug sie mit sich fort. Da hatten die Fischertöchter ihre Sprache verloren.

«Gebt uns...», heulte der Wind noch lauter, «euer

Leben!»

Die Fischertöchter standen schweigend auf dem Deich, hielten sich ganz fest an den Händen und blickten hinaus auf die Wellen. Große weiße Schaumkronen lachten ihnen entgegen. Der Wind griff nach ihren Kleidern, und das Wasser griff nach ihren Füßen.

Da traten beide einen Schritt zurück. Sie öffneten beide ihren Mund und schrien dem Wind ein lautloses «Nein!» entgegen.

Der Wind brauste noch wilder auf, packte sie an den Haaren. Das Wasser schlug noch höher über die Deichkrone hinaus, umarmte die Fischertöchter mit seinen Wellen. Aber die nahmen sich nur fester an den Händen und hielten Wind und Meer die geröteten Gesichter entgegen.

Da gab es ein wütendes Fauchen, ein wildes Brausen, ein gewaltiges Tosen. Noch einmal rüttelte der Wind an den Häusern, Bäumen und

Deichen – dann war es still.

Die beiden Fischertöchter standen auf der Deichkrone und blickten hinaus auf die letzten Wellen. Das Meer lag ruhig vor ihnen. Nur ein leiser Wind strich über ihre Haare. Es war still geworden vor den Deichen von Rangholm.

Die beiden drehten sich um und gingen zurück zu ihrer Hütte. Der Vater schlief noch immer. Aber die ersten Menschen wagten sich schon wieder ins Freie. Sie lachten und scherzten, sie sangen und feierten, denn der Sturm war vorüber.

Auch die beiden Fischertöchter lachten. Lautlos. Und niemand auf Rangholm hat je erfahren, warum sie seit jenem Tag für immer schwiegen. Nur der Wind kennt das Geheimnis.

Und manchmal, wenn er übers Meer zu uns kommt, dann erzählt er uns diese Geschichte. Die Geschichte von Rangholm und den beiden Fischertöchtern.

Vielleicht spricht er dabei sogar mit ihren Stimmen.

Das Bankgeheimnis
ausgedacht von Ulrich Karger
abgeschrieben und illustriert von
Uli Panitz

Der kleine dicke Mann trug lange Zeit für das, was ihm an Größe fehlte, ein Podest mit sich herum. Stellte er das Podest vor sich hin und kletterte daran die Stufen hinauf, überragte er alle, die vor ihm standen. Dann war er der Größte.

Eines Tages war sein Podest verschwunden, einfach weg, obwohl er es fast nie unbeobachtet ließ.

„Mein Podest ist weg! Wer hat mein Podest gestohlen? Wird es jetzt zurückgegeben, gewähre ich Straffreiheit!"

Aber keiner seiner Untertanen hörte auf ihn, selbst als er einen hohen Finderlohn versprach.

„Was will denn dieser kleine dicke Mann hier?" fragten einige, die ihm nicht ausweichen konnten.

Am Ausgang der riesigen Empfangshalle rief er nach seinem Wagen, auf den er sehr stolz war. Ohne Podest, auf sich gestellt, wäre dieser Wagen jetzt ein Trost für ihn – aber auch der Chauffeur des Wagens wollte ihn nicht mehr erkennen, und so mußte der kleine dicke Mann zu Fuß gehen.

Schon bald schmerzten ihm die

Glieder von der ungewohnten Anstrengung, aber er ging weiter. Er wollte keinen Menschen sehen, dem er nichts zu sagen hatte, und da keiner mehr auf ihn hörte, mußte er schweigend die Stadt hinter sich lassen. So gelangte er zum Rand eines Wäldchens. Unter den Bäumen entlang des Weges waren Sitzbänke aufgestellt, auf ihnen war zu lesen: Diese Bank verdanken wir der Großzügigkeit des Allergrößten.

Seufzend nahm er auf einer Platz, verdeckte mit seinem Rücken das schwarz auf gold geprägte Schildchen und streckte seine Beine von sich.

Der kleine dicke Mann wollte sich gerade an die Annehmlichkeit gewöhnen, als ein Schluchzen ihn in seiner Ruhe störte. Er stand mühsam auf und suchte, woher es kam. Schon hinter der nächsten Wegbiegung wurde er fündig. Auf einer weiteren Bank saß, von ihm abgewandt, eine weinende Frau.

Je näher er an die Frau herantrat, desto unwirklicher erschien ihm dieses Bild. Natürlich hatte er schon Frauen gesehen, auch welche, die weinten. Aber diese Frau und ihr Weinen waren anders – irgendwie. Dennoch besann er sich und wühlte in seiner Jacke nach einem sauberen Taschentuch. Dann ging er um die Bank herum, machte „A-hm" und noch einmal „A-hm", bis die Frau ihm das Gesicht zuwandte und er ihr das Taschentuch reichen konnte.

„Bitte sehr", sagte er freundlich.

Sie wischte ihre Augen und entgegnete leise: „Danke!"

„Darf ich mich zu Ihnen setzen, oder störe ich Sie?"

„Nein, Sie stören mich nicht, und Sie dürfen sich ruhig neben mich setzen", sagte die Frau mit schon etwas kräftigerer Stimme. Mit einer Stimme, der er gerne stundenlang zuhören und die er nie vergessen würde.

Vorerst jedoch saßen beide nebeneinander und schwiegen. Die Frau schluchzte noch hin und wieder, und schließlich fragte der kleine dicke Mann: „Warum müssen Sie denn so weinen, hat Ihnen jemand etwas gestohlen?"

„Nein, das nicht – wollen Sie denn wirklich wissen, warum ich weine?"

„Ja!", und das meinte der kleine dicke Mann ganz ehrlich.

Bisher kannte er nur eine Ursache, wegen der er hätte weinen mögen: den Diebstahl seines Podestes.

„Ja, wie soll ich Ihnen das erklären? Sie werden mich für verrückt halten und mir nicht glauben, aber das ist jetzt auch einerlei. Also - ich bin eine Fee!"

„Was? Sie sind eine Fee, mit Zauberei und drei Wünschen und so?"

„Ich sagte ja, daß Sie es nicht glauben würden - wollen Sie mir trotzdem zuhören?"

„Aber ja doch! Entschuldigen Sie bitte die Unterbrechung."

Der kleine dicke Mann faßte heimlich nach der harten Holzkante der Bank, er träumte also nicht. Die Fee schaute einstweilen in die Ferne, als ob sie von dort Anlauf nehmen müsse, um ihre Geschichte zu erzählen.

„Ich bin eine Fee, jedenfalls meiner Herkunft nach, aber ich komme nicht im Märchen vor, denn die Märchen wissen nicht alles von uns. Ich wäre so gern wie eine meiner Schwestern, die verirrte Menschen aus dem dunklen Wald herausführt, oder wie eine andere, Ihnen bekannte, die stets drei Wünsche zu vergeben hat. Ich aber soll euch Menschen geradewegs in den dunklen Wald hineinführen und habe keinen einzigen Wunsch zu vergeben. Die von mir geführten Menschen müssen vielmehr so lange in diesem Wald bleiben, bis sie jeden

ihnen möglichen Weg darin wenigstens einmal versucht haben. Manche von ihnen kommen nicht von der Stelle, gehen zehn-, hundert-, tausendmal zwischen zwei Bäumen hin und her, und ich muß daneben stehen und kann ihnen nicht helfen..."

Die Fee machte eine kleine Atempause, und der kleine dicke Mann fragte: „Aber warum können Sie ihnen denn nicht helfen? Sie können doch sicher ein paar Wege kürzer zaubern oder den armen Menschen sagen, daß es reicht, seinen Weg nur einmal zu gehen."

„Ach, ich habe es ja versucht. Einige, die besonders verzweifelt nach einem

Ausweg suchten, zauberte ich an den Rand des Waldes, in der Hoffnung, ihnen nie mehr zu begegnen, aber schon nach kurzer Zeit waren sie wieder da, und der Wald um sie herum war dichter als zuvor. Denen, die nicht von ihrem Weg abwichen und schon tausendmal immer dieselbe Strecke abgeschritten hatten, gab ich den von Ihnen empfohlenen Rat. Ausgelacht und verspottet haben sie mich! Du willst mich wohl noch mehr in die Irre führen und vom rechten Weg abbringen, schrien sie."

„Laufen die etwa heute noch auf ihrer alten Bahn?" fragte der kleine dicke Mann.

„Nein, sonst säße ich nicht hier. Ich mußte mit ihnen warten, lange warten, bis sie in ihren Bewegungen langsamer wurden, immer langsamer, und schließlich stillstanden. Manche zerfielen mit der Zeit zu Staub, andere, die besonders hartnäckigen, versteinerten."

„Aber das ist ja schrecklich", sagte der kleine dicke Mann und rückte ein bißchen näher an die Fee heran, als ob sie das trösten könnte. Dann schwieg auch er.

Es dämmerte schon, als dem kleinen dicken Mann plötzlich ein Gedanke kam.

„Daß ich darauf nicht gleich gekommen bin – vielleicht sind Sie ja eine verwunschene Fee, und Sie müssen durch irgendeine Tat erlöst werden." Es war ihm nämlich eine Geschichte aus seiner Kinderzeit eingefallen, die von einem verwunschenen Prinzen, dem Froschkönig. Vielleicht mußte die Fee auch nur geküßt werden – eine Aufgabe, die er tapfer auf sich genommen hätte.

Aber die Fee winkte ab: „Nein, damit ist es nicht getan."

Der kleine dicke Mann schaute verlegen zu Boden und fühlte sich ertappt. Doch die Fee sprach weiter: „Nicht irgendeine Tat befreit mich von dieser schrecklichen Aufgabe. Nur eine ganz bestimmte würde mich erlösen. Doch sie erfordert so viel Mut, daß bisher noch alle Helden Reißaus genommen haben und auch den Preis für diese Tat, mich zur Lebensgefährtin gewinnen zu können, verschmähten."

„Wollen Sie mir nicht die Aufgabe beschreiben? Ich meine, wer weiß, vielleicht kann ich Ihnen ja doch helfen ..."

Es war gesagt, und nun konnte er nicht mehr zurück. Erschrocken empfand er zu seinem Erstaunen auch Erleichterung.

„Sie wollen es wirklich wissen? Überlegen Sie es sich gut! Diese Aufgabe ist einem Bann unterworfen: Einmal gestellt, muß sie auch zu Ende gebracht werden, sonst..."

Doch der kleine dicke Mann wollte es jetzt wissen.

„Ich habe sowieso nichts mehr zu verlieren...", ermunterte er die Fee.

Darauf erhob diese sich und beschwor ihn: „Schau mich an, und höre genau auf das, was ich dir zu sagen habe. Um mich zu erlösen und dich von dem Bann zu befreien, mußt du in den Wald gehen. Wenn du mich darin gefunden hast, ist die Aufgabe gelöst, und du gewinnst mich zur Gefährtin."

Das letzte Wort war kaum gesprochen, als die Fee verschwand und der kleine dicke Mann wieder alleine war.

Er hatte ihre Gestalt noch vor Augen und sann über das Gesagte nach, als plötzlich fremdartige Wesen um ihn herum waren, die anfingen, im Takt eines nie gehörten Singsangs um die Bank zu stampfen. Alle waren sie unbeschreiblich häßlich, von eitrigen Blasen und Narben übersät, die bei ihrem Tanz aufplatzten und zu bluten begannen. Damit nicht genug, hackten sie mit langen spitzen Klauen auf den kleinen dicken Mann

ein. Wenigstens das Gesicht wollte er vor ihren Angriffen schützen, doch bald erlahmte sein Widerstand, und er legte seine Hände in den Schoß, seinen Tod erwartend.

Aber auch die Quälgeister beruhigten sich und ließen von ihm ab. Aus ihren Mäulern mit den fürchterlichen Reißzähnen erklang weiterhin der schaurige Singsang, dessen Bedeutung der kleine dicke Mann nach und nach verstand: habe nichts mehr zu verlieren, dröhnte es dumpf. Darüber klagte ein anderer: alles ist weg, alles ist weg, und ein weiterer: was bleibt, was bleibt, ein Vierter greinte: war das alles, war das alles?

Es drang in sein Denken und öffnete längst vergessen geglaubte Kammern. Und der kleine dicke Mann begann zu weinen, wie er noch nie in seinem Leben geweint hatte.
Das Weinen besänftigte seine Quälgeister, ihr Stampfen wurde zu einem behutsamen Schreiten, ihr eintöniger Singsang wechselte in eine weiche vielstimmige Melodie, die nur noch einen Satz begleitete: versuch dich zu erinnern, versuch dich zu erinnern!

„Es ist so lange her, so weit weg, wie soll ich mich erinnern?" dachte er und senkte seinen Kopf.

Was bleibt, was bleibt, was bleibt?
umspielte ihn die sanfte Melodie.

„Ja, was bleibt mir anderes übrig? Ich muß es versuchen. Immerhin habe ich geweint."

Da war es mit einem Schlag still, und als der kleine dicke Mann seinen Kopf hob, sah er, daß die fremden Wesen eine Gasse gebildet hatten. Also stand der kleine dicke Mann von der Bank auf und ging in den Wald hinein.

Und er sah sich aus der Stadt gehen, sah sein chromblitzendes Auto und sein Podest wieder, begrüßte seine Diener, erkannte kaum seine Mutter, und wer war dieses kleine Kind? Alles, was ihm begegnete, wurde ihm lieb und teuer, berührte ihn manchmal traurig, mal lustig, war ihm peinlich oder auch angenehm. Manches mußte er mehrmals bedenken, um es zu erkennen, dann wurden seine Schritte schwerer, anderes machte ihn juchzen und springen. Unendlich erschien ihm die Reise...

Wie lange der Mann im Wald zubrachte?

Das weiß keiner seiner ehemaligen Untertanen, denn sie hatten ihn längst vergessen, als er mit der Fee an seiner Seite aus dem Wald trat. Die Fee war nun keine Fee mehr, und der kleine dicke Mann träumte nie mehr von seinem Podest.

Nah beim Wald bauten sich die beiden ein Haus. Bei jedem Wetter machten sie einen Spaziergang und erzählten sich, was ihnen gerade einfiel, und das war nicht wenig.

Als das Ende ihrer gemeinsamen Zeit kam, gingen sie zu dem Baum, unter dessen weit ausladenden Ästen sie sich einst nach langer Suche wiedergefunden hatten und nahmen sich in die Arme. Sie setzten sich nieder, lehnten sich nebeneinander an den breiten Stamm des Baumes und faßten ein letztes Mal nach der Hand des anderen.

An jenem Platz aber war später weder Stein noch flüchtiger Staub.

Im Land der großen Einsamkeit
ausgedacht von
Erika Oehler-Schmalhusen
abgeschrieben und illustriert von
Jörn Plenz

Dort, wo die Flüsse zehn Kilometer breit sind und der Winter neun Monate dauert – da liegt das Land der großen Einsamkeit. Vielleicht hast du schon einmal davon gehört.

Und genau dort wohnen in einem kleinen Dorf die Geschwister Jeva und Reni. Das Leben in so einem kleinen Dorf bietet wenig Abwechslung. Selbst das Schlittenfahren ist nur Notwendigkeit. Und so war es ein außergewöhnliches Ereignis, als Reni einen verletzten Raben fand. Sie brachte ihn nach Hause und setzte ihn behutsam auf eine Stahllehne. Die Mutter meinte, der Rabe habe sich wohl einen Flügel gebrochen. Jeva streichelte zart mit einem Finger über das dunkle Gefieder des Vogels: „Du sollst Schwarzer heißen. Bei uns wirst du es gut haben.

Du brauchst dich nicht zu fürchten", sagte er dabei freundlich.
Und es schien, als glaubte es der Rabe. Bald wurde er zutraulich und hüpfte in der kleinen Küche umher, trank aus einer kleinen Wasserschale und pickte die Brotkrümel vom Boden.

Inzwischen war es September geworden. Jeva war mit dem Vater im Stall beschäftigt und half, die Winterfelle, Schneeschuhe und Gespanngerätschaften durchzusehen. Es konnte jeden Tag zu schneien beginnen; im Land der großen Einsamkeit kommt der Winter über Nacht.

Da flog plötzlich die Tür auf. Reni stürzte herein und rief atemlos: „Der Schwarze kann sprechen. Der ist verhext."
Der Vater lachte und sagte: „Iwo, Raben sind wahre Künstler im Nachplappern. Hast du ihm was vorgesagt?"
„Nein," erwiderte Reni, „er hat klar und deutlich

gesagt, wir sollen ihn jetzt freilassen, er muß nach Hause."
Sofort lief auch Jeva zum Raben und fragte ihn ungeduldig: „Sag, Schwarzer, wo willst du denn hin? Der Winter steht doch vor der Tür. Bitte, bitte bleib hier."
Aber der Rabe antwortete mit kehliger Stimme: „Ich muß jetzt nach Hause zu meinem Freund. Ich danke euch für alles. Ich werde nie vergessen, was ihr für mich getan habt. Aber mein Freund, der Riese, wartet zu Hause auf mich."
Die Kinder schauten sich an, und Reni nickte. So öffnete Jeva das Fenster, und der Rabe hüpfte auf die Fensterbank.
Reni fragte leise: „Wo ist denn dein Zuhause? Können wir dich mal besuchen?"
„Ich wohne auf der anderen Seite des Flusses", krächzte der Rabe. „Aber der Riese haßt die Menschen. Dort dürft ihr euch nicht sehen lassen. Das könnte euch

sehr schlecht bekommen." Dann strich der Schwarze mit kräftigen Flügelschlägen davon. Nun waren die Geschwister wieder allein, und der Winter hielt Einzug ins Land der großen Einsamkeit.

Eines Tages mußten die Eltern zu einer Beerdigung ins Nachbardorf. Und das lag so weit fort, daß sie erst am nächsten Abend wieder zu Hause sein würden. Als die Kinder das hörten, suchten sich ihre Blicke, und das eine wußte, was das andere dachte.

Am Morgen, als die Eltern abgefahren waren, packten Jeva und Reni in aller Eile ihre Sachen. Jeder im Land der großen Einsamkeit besitzt mehrere Decken, Felle und Schlafsäcke. Alles, was die Eltern nicht mitgenommen hatten, packten sich die Kinder auf ihre Schlitten. Dann spannten sie die Hunde Wolf und Wolle davor und los ging's.

Das funkelnde, unendliche Schneemeer lag vor ihnen. Die Sonnenstrahlen glitzerten in

jeder Schneeflocke, die vom Himmel fiel. Die Kinder fuhren geradewegs auf den zugefrorenen Fluß zu. Nach vielen Stunden näherten sie sich der Flußmitte. Die Geschwister stiegen von ihren Schlitten und führten die Hunde am Halsband.
Bald hörten sie ein plätscherndes Rauschen.
Der Fluß war doch noch nicht ganz zugefroren.
Die Fahrt war zu Ende.
„Wir müssen es später noch einmal versuchen", sagte Jeva. Die beiden waren traurig, aber auch erleichtert, denn einen Riesen, der die Menschen haßt, besucht man nicht alle Tage. Sie machten sich auf den Rückweg.
Langsam verdunkelte sich der Himmel, und die Flocken fielen immer dichter. Bald konnten die Kinder nicht mehr sehen, wohin sie gehen sollten. Nach einer Weile hörten sie wieder das plätschernde Wasser. Waren sie denn nicht geradeaus gelaufen?
Entweder war das eine andere offene Stelle im

Fluß oder sie waren im Kreis gelaufen. Wieder kehrten sie um und fuhren in die entgegengesetzte Richtung.

Aber nach einer Stunde war rabenschwarze Nacht um sie. Die Hunde blieben stehen und weigerten sich weiterzulaufen. Die Kinder lockten und schmeichelten, aber die Tiere winselten nur ängstlich.

„Wir sind falsch gelaufen und haben wieder das offene Wasser vor uns. Die Hunde merken das", sagte Reni müde. „Warum ist es denn auch so schnell dunkel geworden!"

„Ich habe Hunger", antwortete Jeva, um seine Angst nicht zu zeigen. Die Hunde hatten sich hingelegt und rührten sich nicht mehr. Ihnen machte der Schnee und die Dunkelheit nichts aus. Und die Nacht im Land der großen Einsamkeit ist noch dunkler als woanders.

Reni sagte kaum hörbar: „Ich kann nicht mehr."

Jeva überlegte. Dann sagte er so gefaßt er konnte: „Wir machen es wie Wolf und Wolle. Wir lassen uns auch einschneien." Sie legten ein Fell in den Schnee, krochen zusammen in einen Schlafsack und legten die restlichen Felle und Decken über sich, so gut es ging.

Anfangs war ihnen sehr warm, aber die Nacht wurde immer kälter, und als die Mitte des Flusses zugefroren war, waren die Kinder fest eingeschlafen.

Sie merkten nicht, wie ein Rabe über dem Fluß kreiste und wieder verschwand. Später krachte es fürchterlich. Das Eis zerbarst, und die Schollen schoben sich knirschend übereinander. Die Hunde wurden wach und winselten, aber die Kinder waren schon halb erfroren. Sie hörten von alledem nichts.

Der Riese stand in haushohen Gummistiefeln im Fluß und steckte gerade jeden Hund in eine Hosentasche. Dann knöpfte er sein Hemd auf und steckte die beiden Kinder mitsamt ihren Fellsäcken unter sein Hemd an die Brust. Er knöpfte es wieder zu, faltete den Schal ordentlich darüber und schloß fest den Mantel. Dabei knurrte er immer wieder: „Menschen! Unvernünftiges Pack."

Dann tat er einen großen Schritt und noch einen und war auf dem Land. Mit den nächsten beiden stand er über dem Haus, in dem die Kinder wohnten. Er kniete sich hin, hielt mit der einen Hand das Haus fest, mit der anderen hob er das Dach vorsichtig hoch, und mit dem kleinen Fingernagel schob er die Decke vom Bett der Kinder. Dann steckte er beide mitsamt Fellsack hinein, holte die beiden Hunde aus den Taschen, tat sie dazu, und zuletzt türmte er alle Strohsäcke, die er entdecken konnte, darüber.

Behutsam setzte er das Dach wieder auf das Haus, damit die Kinder nicht wieder zuschneiten. Die Schlitten hatte er vergessen, holte sie aber sofort auf dem gleichen Weg, den er gekommen war. Weil er nicht so recht wußte, wohin damit, stellte er sie einfach auf das Hausdach.

Gegen Mittag erwachten die Kinder und dachten, sie hätten geträumt. „Einmal bin ich aufgewacht. Da lag ich mit allen Kleidern hier im Bett", wunderte sich Reni.

„Ich war schon einmal vorher wach", sagte Jeva. Es war dunkel und schaukelte so komisch. Und wir lagen an einer ganz warmen Wand, die laut bummerte."

Nach einigem Suchen fanden sie ihre Schlitten auf dem Dach. Das mußte mehr als ein Traum gewesen sein in der letzten Nacht...

Drüben auf der anderen Seite des Flusses sagte der Riese zu seinem Freund: „Flieg doch mal rüber und schau nach, ob sich die Würmchen erholt haben. Diese kalten Knäuel an meiner Brust haben mir richtig Herzklopfen gemacht."

Als der Schwarze in den gleißenden Winterhimmel aufstieg, waren die Kinder gerade dabei, mit einer Leiter die Schlitten vom Dach zu holen und die Spuren des Abenteuers zu beseitigen.

Den Raben, der sich ganz in der Nähe in einem Baum niedergelassen hatte, sahen sie nicht. Jeva erblickte ihn erst, als er aufflog und in Richtung Fluß abstrich. „Schau" sagte Jeva zu Reni, und die Kinder blickten sich an und jedes wußte, was das andere ahnte.

Geier und Bär
ausgedacht von Nicola Norden
abgeschrieben von Margrit Schmidt
illustriert von Susanne Gronwald

Ein Geier und ein Bär, beide stärker als alle anderen Tiere auf der Erde, hatten sich oft um Beute gestritten und waren tief verfeindet. Nie aber hatten sie, nicht der eine und nicht der andere, einen direkten und offenen Zweikampf gewagt, denn ein jeder von ihnen hatte Angst, dem anderen zu unterliegen und seine ganze Macht preiszugeben. So respektierte jeder den Machtbereich des anderen: der Bär war Herrscher über die Ebenen, der Geier mächtigstes Tier in den Bergen.

Nur wenn an den Grenzen ihrer Reiche Beute zu holen war, gab es Kampf und Streit, und keiner gab dem anderen nach.

Da nun die Partie solchermaßen auf patt stand, also mit offenem Kampf nicht zu entscheiden war, so sprach der Geier zum Bären: „Höre, mein Freund der Erde! Ich will dir ein Angebot unterbreiten. Bedenke es gut, bevor du antwortest."

„Sprich, Herr der Lüfte", antwortete der Bär und brummte neugierig den Fels hinauf, auf dem der Geier in sicherer Entfernung saß.

„Nun also, höre meinen Vorschlag. Du bist der Herr der Ebenen und Herrscher über alles, was auf dieser Erde kreucht und fleucht. Mir unterstehen alle Tiere der Berge, wo du deinen Fuß nicht hinsetzen kannst, ohne jämmerlich zu verhungern. Dazu kommt mir gleich kein Tier in den Lüften. So haben wir beide, was uns von Natur aus geziemt und zusteht. Ist es nicht so, zottiger Bär, Herr der Ebenen?"

„So ist es, Herrscher der Berge, so ist es!"

„Nun, mein Freund, warum sollten wir uns deshalb streiten und uns Feind sein? Ich habe lange darüber nachgedacht und will dir meinen Entschluß kundtun: Laß uns Frieden schließen für immer und die Bedingungen festschreiben, auf daß keiner von uns gegen sie verstoße. So wollen wir ohne Feindschaft, Krieg und Hinterhältigkeit leben und uns diese Erde gemeinsam

untertan machen und die Schätze des Bodens und des Himmels teilen. Warum sollte es nicht zwei Könige der Erde geben? Laß uns Frieden schließen und fortan Freunde sein, so daß wir uns ohne Zwietracht begegnen können. Sprich, was sagst du dazu, mächtiger Herr der Ebenen?"

Der Bär dachte lange nach, brummte vor sich hin und rief dann mit seiner mächtigen Stimme hinauf: „Hör zu, Herr der Berge. Dein Vorschlag scheint mir bedenkenswert. Auch ich habe schon so manche Stunde darüber nachgedacht, doch..."

„Sag deine Einwände, sprich offen zu mir!"

„Dein Angebot kommt überraschend. Du siehst mich unentschlossen, wenn ich auch deine Bemühungen um Frieden zu schätzen weiß. Aber, gib mir Bedenkzeit, eine Nacht, ich will darüber schlafen und meine Freunde befragen. Ich kann dir erst mein Wort geben, wenn ich mir auch ihres Wortes sicher bin. Du wirst meine Vorsicht verstehen?"

„Du hast Recht, mächtiger Herrscher der Ebenen. So gehe denn und rede mit ihnen – und morgen bei Sonnenuntergang triff mich hier an derselben Stelle."

„So sei es, König der Berge."

Nach diesen Worten strebten beide ihren Palästen zu. Der Geier hinauf auf den Fels, wo sein riesiges Nest in den Himmel stand, der Bär tief hinein in den Wald, wo hunderte seiner Artgenossen ehrfurchtsvoll auf ihn warteten. Nach ihrem gemeinsamen Abendmahl eröffnete er ihnen den Vorschlag des Geiers und ließ seine weisen Berater Für– und Widerrede halten. Aber nichts sprach wirklich gegen das Angebot, und so waren sie schließlich einer Meinung, noch ehe es Mitternacht war.

Als sich die Sonne am nächsten Tag auf den Gipfeln der Berge zur Ruhe begab, trat der Bär mit einer großen Schar seiner Artgenossen aus dem Wald und führte mit sich die Fahne seines Volkes. Da verdunkelte sich der Himmel, und viele hundert Vögel näherten sich dem vereinbarten Ort. Und auch der König der Vögel hielt in seinen Schwingen die Fahne seiner Würde.

Dieser Art traten sich die beiden Könige gegenüber, um sich zu verbrüdern und Frieden zu schließen.

„Nun", sprach der Geier zum Bären, „ich sehe, ihr habt der Weisheit des Friedens den Vorzug gegeben. Laßt uns miteinander feiern und uns von nun an stets mit Hochachtung und Respekt begegnen, auf daß sich unsere Völker nie wieder in diebischer oder blutrünstiger Absicht entgegentreten mögen."

„So sei es, mein Freund der Berge, so sei es ab heute!" sprach der Bär zufrieden brummelnd, erhob sein Glas und stieß mit dem Geier an auf Brüderschaft und ewige Freundschaft. Und der Wein schmeckte ihnen, und alle waren zufrieden.

Als aber der Herbst zur Neige ging, da traf der Geier den Bären und sprach zu ihm: „Mein Freund, der

Winter steht an und du weißt, wir Vögel der Wolken und Herrscher der Berge sind benachteiligt, wenn es während der Schneezeit ums Fressen geht. Laß uns deshalb ein Abkommen schließen, daß wir einen Teil der Ernte des Bodens für uns haben dürfen, denn ihr habt sicher genügend Vorräte. Auch ist es die Zeit der Jagd, und so wollten wir euch brüderlich bitten, uns dieses oder jenes Wildhuhn oder dies und das an Hasen zu überlassen, auf daß wir nicht Hunger leiden in der Zeit des weißen Teufels."

„Wohlan", brummte der Bär nachdenklich, „laß es mich mit meinen Brüdern und Schwestern bereden und triff mich morgen bei Sonnenuntergang."

„Gut denn", sprach der Geier und dachte sich seinen Teil, als er von dannen flog.

In seinem Bau angekommen, rief der Bär die Alten und Weisen an seine Seite, um ihnen einen ausführlichen Bericht von der Bitte der Vögel zu geben. Dies aber war die Gelegenheit für den Geier und all seine Brüder und Schwestern, die Gunst der Stunde zu nutzen, um jeden Hasen, sowie Huhn und Hahn, jedes Gramm Wildbret, das vor ihre Schnäbel kam, in ihre Gewalt zu bekommen.

Am kommenden Abend aber trat er dem Bären, der nichts Böses ahnte, ruhigen Auges entgegen und tat unterwürfig sogar, um den Bären milde zu stimmen. Der Bär brummte gutmütig und sprach: „Siehe, mein Freund, wir wollen uns entschuldigen, haben wir doch in all der Zeit nie daran gedacht, welch große Not ihr in dieser kalten Zeit erleiden müßt, denn wir selbst lieben diese Spanne des Jahres über alles. Natürlich bedarf es keiner Frage, daß wir euch beistehen werden."

Der Geier verneigte sich tief vor dem Bären, um nicht sein Grinsen zu offenbaren, das er nicht länger zurückhalten konnte und dankte dem Bären, der so treuherzig auf seine Bitte hereingefallen war.

Doch so dumm, wie die Geier wähnten, waren die Bären nicht. Bald fiel ihnen auf, daß die Geier mitnichten taten, worum sie gebeten hatten: sie jagten nicht und schlugen keine eigene Beute. Wohl aber lauerten sie im Hinterhalt, bis irgendwo ein Bär ein Tier gerissen hatte und nun darauf wartete, daß es verblutet wäre und er es heimwärts tragen könnte. Just in diesem Moment aber kam der feige Greifvogel aus den Lüften herab und raubte den Lohn, der einer fremden Arbeit entstammte.

So vergrößerte sich der Wintervorrat der Geier merklich und der der Bären war bald gänzlich aufgebraucht.

So traten eines Tages die Weisen vor den Herrscher der Bären und beratschlagten, was zu tun wäre.

„Der Pakt ist zunichte", riefen die einen, und

die anderen fühlten sich bestätigt: „Ein Aasvogel, feige und hinterhältig. Wir haben immer davor gewarnt, mit ihnen Frieden zu schließen." Der Bär aber, ihr König, sprach zu ihnen: „Seht her, –, ihr alle habt recht und doch wieder nicht. Denn sicher halten die Vögel sich nicht an den Pakt, aber dennoch ist wahr, daß, wenn wir ebenso handeln, es keine Möglichkeit des Friedens mehr geben wird. Still, Schwestern und Brüder, hört zu: Wenn wir die Geier zum Streit fordern, was haben wir dann gewonnen? Sie halten sich in den Lüften und werden keinen fairen Kampf zulassen. Und wenn sie herabstoßen aus den Wolken, so mögt ihr den oder jenen in eure Pranken bekommen, aber zuvor hat er euch ein Auge ausgeschlagen. Wozu also Blut vergießen? Die Natur hat sie erschaffen und wird wohl wissen, weshalb. Unser Vorteil ist, daß sie uns unterschätzen. Sie halten uns für dumme, tapsige Kolosse und meinen uns überlisten zu können. Mag sein, daß wir zu gutmütig waren, aber sicher ist, wenn wir erst auf Listen sinnen, so werden wir das letzte Lachen für uns haben. So hört denn meinen Plan..."

Als nun der Winter kam und die Bären ebenso wie die diebischen Geier ihre Vorratskammern gefüllt hatten, die einen mehr, die anderen weniger, da lief dem König der Bären jener der Vögel über den Weg, und er sprach zu ihm: „Oh, gut, daß ich dich treffe, mein stolzer Bruder. Wir haben unseren Teil der Ernte eingebracht, und wenn die Arbeit hinter uns liegt, wollen wir wie in jedem Jahr ein großes Fest begehen. Ich soll euch nun von meinem Volke diese Botschaft überbringen, mit der herzlichen Bitte, sie nicht abzuschlagen: Wir möchten euch herzlich zu unserem Fest einladen und würden uns grämen, wenn auch nur einer unserer Freunde dabei fehlte. Denn danach werden wir lange Zeit nicht Gelegenheit haben, euch unsere Gastfreundschaft zu zeigen. Für Speis und Trank wird in reichem Maß gesorgt sein..."

Der Geier war noch nicht ganz in seinem Horst angekommen, da leckte er sich schon genüßlich den Schnabel und dachte bei sich: „Ei, das sind mir wahre Freunde. Erst lassen sie sich bestehlen und merken's nicht, und hernach danken sie uns auch noch dafür."

Als nun der Tag des Festes herangekommen war und die Bären alle Vorbereitungen für das Gastmahl erledigt hatten, da fehlten einige hundert der braunen Petze, was jedoch nur dem auffallen konnte, der ihre genaue Zahl kannte.

Die Geier aber freuten sich auf das große Festessen, das sie erwartete.

Schwarz war der Himmel zwischen den Wolken und der Erde, als sie in Scharen heranbrausten, bis sie sich, einer am andern, über den Hügel um die Fleischtöpfe der gastfreundlichen Bären verteilt hatten.

Alle wurden königlich begrüßt und mit einem kräftigen Trunk versorgt. Dann trug man bergeweise Fleisch vor ihnen auf, gebraten in köstlichen Gewürzen und Kräutern des Landes. Wein floß nicht zu wenig, und die Geier ließen es sich in aller Genüßlichkeit munden. Bald waren sie schwer vom Essen und noch mehr vom Trinken; und so ging das Stunde um Stunde, und die Bären wurden nicht müde, ihren Gästen alle Wünsche von den Augen abzulesen.

Wieder und immer wieder ging der Kelch herum mit dem besten Kornschnaps, den die Bären zu brauen verstanden, und mancher Geier mußte sich bleischwer fühlen, gerade so, als wäre er als Bär geboren und der Erde verhaftet.

Als der neue Tag anbrach, da lachte sich der Bärenkönig ins Fäustchen und betrachtete sein

Werk: der ganze, weite Hügel übersät mit trunkenen und schlafenden Geiern, die keine Schwinge mehr in die Luft zu bringen vermochten. So war es ihm recht.

Weit stand die Sonne schon am Himmel, als nach und nach die diebische Geierbande aus ihrem Rausch erwachte. Noch weiter war die Sonne gewandert, bis man sich so recht besinnen konnte, wo man sich befand und was in der vergangenen Nacht vorgefallen war.

Sie rieben sich die verquollenen Augen, spürten den Schnaps noch in allen Knochen und wunderten sich nur ein wenig, ganz allein auf dem Hügel zu sein.

Von den Bären keine Spur weit und breit.

„Sie werden sich schon ihre Winterwälder gesucht haben, die Dummlinge", krächzte der König der Geier und scherte sich nicht weiter da-

rum. Er hatte genug damit zu tun, wieder flugfähig zu werden.

Nach beschwerlichen Mühen in seinem Horst angelangt, fiel er, ebenso wie seine Artgenossen, erst einmal in einen tiefen Schlaf. Erst am nächsten Morgen entdeckten sie die Bescherung: irgendwer hatte ihre sämtlichen Vorräte während ihrer Abwesenheit entdeckt und davongetragen...

„Wie ist das zugegangen?" rätselte der Herrscher der Berge und wackelte nervös mit dem Gefieder. Als er das Versteck ihrer Vorräte, das jetzt gähnend leer war, durchsuchte, da fand er an einem Ast hängend ein Büschel Fell, das nur von einem Bären stammen konnte.

Wütend fluchte er laut, hielt dann aber erschrocken und beschämt inne, sagte jedoch zu keinem ein Wort von seiner Entdeckung.

So blieb die Tat geheim und dem König der Berge eine Schande erspart.

Auch gegenüber den Bären, die im Frühjahr wieder aus ihren Wäldern kamen, schwieg er still, nahm sich aber seitdem in acht vor den listigen Bären.

Und so kam es, das sich Bären und Geier nicht aufs neue zu bekriegen versuchten, aber ihren schönen Friedensvertrag auch nicht zu einer wirklichen Freundschaft nutzten. Im übrigen haben sich seither die Zeiten geändert, und jeder der beiden Herrscher hat in seinem Reich aufstrebende Kontrahenten gegen sich, die immer wieder versuchen, die Vorherrschaft der Geier und der Bären zu brechen.

So sind sie beide, zwar nicht mehr miteinander, aber doch, bis heute, vollauf beschäftigt.

Die Macht der
Liebe
ausgedacht von Marion Wolf
abgeschrieben von Jörn Renz
illustriert von Christine Ring

In Afrika glühte das Land. Der Boden war durch die lange Trockenheit spröde geworden. Tiefe Furchen lechzten nach Regenatzung. Der Wind trieb die letzten knackenden Baumgerippe über den Karst. Unbarmherzig brannte die Sonne auf die blankgeröstete Erdkruste. ‚So kann das nicht weitergehen', dachte der Erdgeist in der Tiefe. ‚Seit Millionen Jahren liege ich nun hier, aber so gotterbärmlich vertrocknet war ich noch nie!'

In der nächsten Neumondnacht erhob er sich ächzend und schlich von dannen. Schwerfällig stapfte er südwärts, immer weiter, bis zum Kap der Guten Hoffnung. Dort hauste sein Vetter, der Sturmriese. Der schlief in einer Diamanthöhle und träumte seinen nächsten Untaten entgegen. „Wach auf", rief der Erdgeist, „Du mußt mich ins Nordmeer bringen!" – „So weit?" gähnte der Sturmriese, „was willst du denn am Rand der Arktis?" – „Ich will zur Göttin der Eisberge!" – „Ohoo, das ist ein weiter Weg! Den ganzen Atlantik hoch, ... aber das macht Spaß, so eine lange Reise! ... vielleicht ruhe ich mich in Alaska aus und kehre erst bei Vollmond zurück! – ... da werden die Leute staunen, wenn ich plötzlich den Atlantik peitsche und am Kap der Guten Hoffnung nur ein leichtes Frühlingslüftchen weht!" Und damit erhob sich der Sturmriese von seinem graufunkelnden Lager, kroch aus seinem Felsloch, reckte sich und streckte sich bis zu seiner dreifachen Größe. Dann band er seine Flügel von einem tausendjährigen Mammutbaum los und schnallte sie sich auf den Rücken. Schließlich beugte sich der großmächtige Herr der Lüfte zu seinem gebrochenen Erdvetter, hüllte ihn sorgfältig in ein Gewand aus Spinnweben, nahm ihn vorsichtig in seine starken Arme

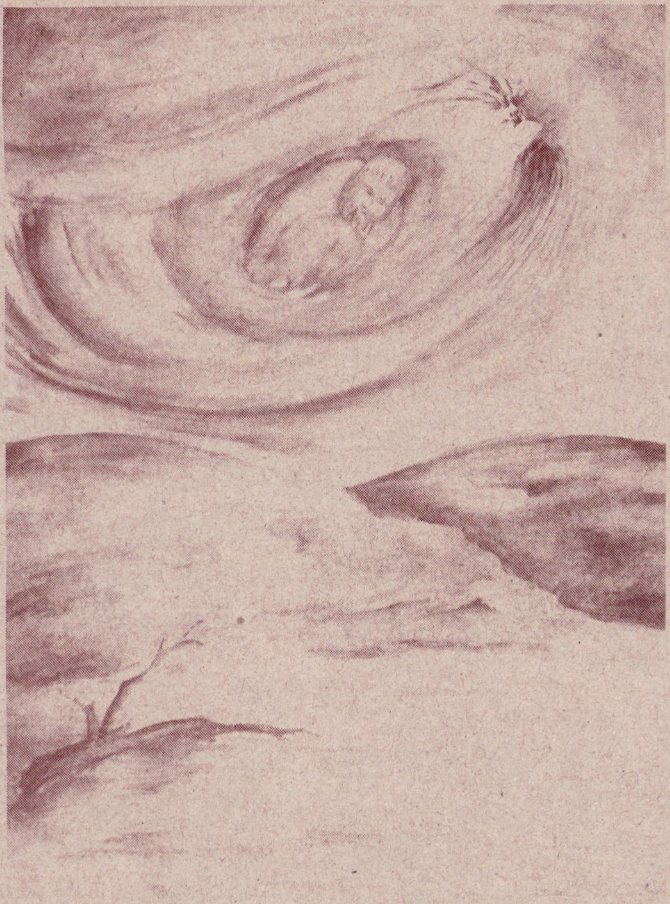

und schwang sich mit einigen kräftigen Flügelschlägen in die Höhe. Dreimal umkreiste er zum Abschied sein Kap, dann flog der Sturmriese nach Westen übers weite Meer.

In der Mitte des Atlantiks drehte er gen Norden, schaltete seine Propellersporen ein und raste als Wirbelsturm der Arktis entgegen. Schützend legte er dabei seine Arme um die vertrockneten Runzeln des Erdgeistes und drückte ihn sanft an seine Brust.

Als der junge Morgen graute, ragten die ersten Eisberge aus der schwarzgrauen See. Der Sturmriese schaltete die Propellersporen ab und segelte in die Tiefe. Stumm und kalt trieben die Eisberge im Nordmeer.

Mit weit ausholenden Flügelschlägen setzte der Sturmriese über sie hinweg. Immer weiter gen Norden flogen sie. Und als die Morgenröte ihre rosigen Schleier über den Horizont breitete, lag unter ihnen eine weiße Insel. Langsam schwebte der Herr der Lüfte hinab und landete sanft auf einem Teppich aus rosa schimmernden Schneekristallen.

Inmitten der Insel lag die Göttin der Eisberge. Ihr Körper bestand aus blauem Eis und strahlte eine unnahbare Kälte aus, die jedes Wassertröpfchen in der Luft sofort gefrieren ließ. Als die Sonne über den Horizont spitzte, sah man unzählige klitzekleine Eiskristalle ihre goldenen Strahlen umrieseln. Wenn sie auf der Eisgöttin landeten, glitten sie an ihrem spiegelblanken Körper ab und bildeten den Pulverschnee, der das schwarze Vulkangestein des Inselgrundes bedeckte.

„Wir sind da", flüsterte der Sturmriese seinem Vetter zu. „Schön", raunte der runzlige Freier, „dann bringe mich zu ihr!" Feierlich schritt der Herr der Lüfte über den knirschenden

Schneeteppich und legte den heißen afrikanischen Erdgeist in die eisigen Arme seiner arktischen Braut.
Da begann ihr Eis im Inneren zu bersten. Langsam weichte sie an der Oberfläche auf. Die ersten Erdkrümel mischten sich mit dem halbweichen Matsch zu einem sämigen Brei. Noch wollten die dürren Erdfasern die Feuchtigkeit nicht annehmen, jeden Moment schien die eisige Suppe wieder gefrieren zu wollen: Da entströmte dem Erdgeist all die Glut, die er jahrelang aufgespeichert hatte, und seine Braut schmolz dahin. Langsam begannen die Fasern seines Erdenkörpers die kühle Feuchtigkeit zu trinken. Je länger er aber in ihren Fluten badete, umso geschmeidiger wurde seine Gestalt. Die tiefen Furchen glätteten sich, und er wurde saftig und stark, wie keimende Erde sein soll. Die Göttin der Eisberge aber

schmolz weiter, und der Erdgeist verlor seine Fasson.
„Hohee", rief er, „soll ich als Schlammbank enden?" – „Oh nein", hauchte sie in den letzten Zügen, „aber wir müssen vollständig verschmelzen, wenn die Insel grün werden soll." – „Meine Hitze ist verbraucht," stöhnte er und zerfloß mit ihr zu Morast.
Sie lagen jedoch auf fruchtbarer Lava. Das Vulkangestein war dünn und porös, und darunter tobte eine heiße Feuersbrunst. Das überschüssige Wasser floß in die Tiefe und verdampfte. Nebel stiegen auf, gefroren und bildeten niedliche Eiswölkchen. Zurück blieb warme feuchte Erde. Tausende unscheinbarer Samen quollen in diesem Bett auf, bis sie vor lauter Wohlbefinden platzten. Dann bohrten sie ihre Wurzeln tief in den Boden und trieben ihre Köpfchen dem Licht entgegen.

Neugierig schoben sie ihre Keimblätter ins Freie, wo sie der arktische Eiswind empfing. Aus der unerschöpflichen Wärme ihres Saatbeetes aber schöpften sie Kraft, härteten ab, wuchsen und gediehen.

Als der Sturmriese von seinem Ausflug nach Alaska zurückkehrte, staunte er Eisklötze: Dort, wo einst die Göttin der Eisberge blau und kalt auf ihrem erloschenen Vulkanbett getrohnt hatte, breitete sich Grasland aus. Der rote Mohn öffnete gerade seine ersten Blüten, und über dieser Paradiesinsel schwebten liebliche Schneewolken.

„Ohoo", brüllte der Sturmriese seinem afrikanischen Gevatter zu. „Du hast dich hier ja prächtig verjüngt! Kommst du nun wieder mit in die Heimat?" – „Was sollte ich dort?" antwortete der Erdgeist. „Meine Brüder würden mir sofort allen neuen Lebenssaft absaugen,

und die Äquatorsonne würde mir alsbald den schönen grünen Pelz vergilben. – Ich habe hier einen guten Platz gefunden, um zu verweilen! Aber sieh dir die übermütigen Eistöchter an. Sie warten schon ungeduldig darauf, ihre Hochzeitsreise zu beginnen! Nimm sie statt meiner mit zurück ins heiße Afrika, und bring sie meinen Brüdern als Bräute, damit auch die Heimat wieder grün und lebend werde."

„Hohaa, Hohoo, das nenn ich klug!" antwortete der Herr der Lüfte. „Dann lebe wohl, Erdenvetter. Wahrlich, das soll meine schönste Reise sein: als Brautführer über den Atlantik! Hohaa, Hohoo", blies er, und die kristallgeschmückten Bräute glitzerten in der Arktissonne.

Lange währte die Reise gen Süden. Aus dem fröhlich dahintanzenden Schneepuder wurden nach und nach träge, naßgraue Wolkenbäuche, die gar bitter über den Verlust ihrer kalten

Schönheit jammerten. Als sie schließlich auch noch anfingen, kostbare Regentropfen in den Ozean zu weinen, rief der Sturmriese besorgt: „Hollaa, haltet ein, meine Damen, der Ozean hat genug Wasser!" und dann plusterte er ihre schweren Röcke auf und trug sie mit solch einer Geschwindigkeit durch die Atmosphäre, daß am Horizont nur noch Wolkenfetzen zu sehen waren.

Gegen Abend langten sie auf der Höhe Westafrikas an. Da drehte der Sturmriese auf der Stelle seine Wirbelwinde an, wickelte die Wolkenschleier um drei ausgestreckte Finger, und schon wogten wieder drei dicke schwere Regenwolken über dem ausgedörrten Land.

Als die Nacht hereinbrach, flog der Herr der Lüfte mit seinen feuchtschweren Begleiterinnen über die Sahelzone. Die Sterne am Himmel zwinkerten Beifall, als sich die erste Wolke einem Berg vermählte, in dessen Inneren ein ausgetrocknetes Quellbecken nach Wasser lechzte, um ein verödetes Flußbett zu speisen. Die zweite Braut hängte sich in die Dornenzweige eines dürren Teborak, der neben einem versiegten Brunnen letzte Wache hielt. Die dickste Regenwolke aber führte der Sturmriese zu dem gewaltigen Erdloch, das der ausgewanderte Erdgeist hinterlassen hatte.

Der Mond zog über den Horizont. Staunend besah er das gute Werk des Luftgewaltigen und verschwand schmunzelnd um die zweite Morgenstunde. Die Welt schlief ein. Die Nachtkälte zog über das Land, und die Wolkenbräute brachen auf, sich in die verkrusteten Arme ihrer lechzenden Gemahle zu ergießen. Des Morgens spitzte die Sonne über dem Orient hervor und traute ihren Augen nicht. Aus dem Adrar In Uzzal schlängelte sich ein neuer Fluß, am Tin Azeraf blühten die Bäume und im Tschad funkelte wieder ein tiefer, dunkler See. Am Kap der Guten Hoffnung abertanzte ein kleiner Wirbelsturm, und Diamantensplitter glitzerten wie ein Freudenfeuer durch die Sonnenfluten.

*

Die drei Rätsel
ausgedacht von Christian Schloßer
abgeschrieben von Maria Hackmann
illustriert von Pia Eisenbarth

Vor vielen Jahren lebte in einem fernen Schloß ein König, der hatte seine Frau verloren. Mit seinen königlichen Freunden aus den Nachbarstaaten war er zum Skatspielen gegangen, und als es ihm beim Einsatz an Geld gemangelt hatte, war seine Frau eingesprungen. Leider waren dem König die Karten nicht hold, und so mußte er seine königliche Gemahlin an den Prinzen vom Reich zur Linken abtreten. Es war nicht gerade ruhmreich, seine Frau beim Kartenspielen zu verlieren, schon gar nicht, wenn sie eine Königin war. Das wurmte ihn auch sehr, zumal er das Alleinsein wirklich nicht ertragen konnte. Aus Langeweile vergnügte er sich sogar mit dem Strickzeug seiner Frau. Da er aber mit der Wolle und den vielen Nadeln gar nicht umzugehen verstand, sponn er das ganze Schloß in eine Art Netz ein und thronte wie eine Spinne im Innern. Wenigstens war es jetzt im Winter schön warm.

Aber einsame Winterabende sind noch viel, viel schlimmer. Der König begann, Patiencen zu legen, dann fragte er die Karten nach der Zukunft. Die aber spotteten nur seiner Vergangenheit oder hänselten ihn mit der Gegenwart. Das ging so lange, bis der König alle Karten kurzerhand der Katze schenkte, damit sie dem Kellerhund ein paar Kunststücke beibringen konnte.

Nein, es half alles nichts. Die Königin mußte wieder her. Der König wußte von der Vorliebe des nachbarlichen Prinzen, einen jeden Landsmann mit Rätseln zu quälen. Ob er seine Frau zurückgewinnen konnte, indem er sich als Opfer anbot? Schon schnappte er sich eine der wenigen Brieftauben, die trotz wollener Flügelwärmer geblieben waren. Rasch schrieb der König eine Botschaft und konnte nur noch die Daumen drücken.

Fünf Jahre später kam die Antwort aus dem Nachbarreich, er möge zu Besuch kommen. Zugleich bedauerte der nachbarliche Prinz jene Brieftaube, die ihm geschickt worden war. Wegen der Flügelwärmer hatte sie nicht fliegen können und den Weg zu Fuß zurücklegen müssen. Daher die späte Antwort.

Der König kämpfte sich durch sein wollenes Schloß und ritt ins nachbarliche Reich, wo der Prinz schon auf seine Ankunft wartete.

„Freilich kannst du deine teure Gemahlin zurückgewinnen", meinte dieser. „Gehe nur in mein Schloß. Drei Rätseltüren durchstürmt, und schon ist sie dein. Schaffst du es nicht, mußt du in unsere Strickschule gehen und wirst erst entlassen, wenn du dreihundertdreiunddreißig verschiedenfarbige Pullover, achtundachtzig Winterschals sowie zehntausend Paar Handschuhe für meine Skatbrüder gestrickt hast!"

„Das hat sich wohl herumgesprochen!" ärgerte sich der König. Der Prinz lachte versöhnlich. Dann ließ er den König aufs Schloß zuschreiten.

Schon stand der vor einer verschlossenen Tür mit einem handlichen Bronzeschloß. Auf dem Türbalken ließ eine Maus die Beine baumeln und piepste:

„Ein Haus, das sich selbst gar schützt,
weil man den andern Sinn benützt,
den uns're Sprache ihm gegeben –
rufe dieses Wort ins Leben!
Bist du des Guten statt des Bösen,
magst du dieses Rätsel lösen
und ein zweites wird sich stellen.
Nutze deine Wissensquellen!"

Der König dachte einen Moment nach. War dieses Rätsel wirklich so einfach? Fast fürchtete er, er hätte es mit irgendeiner Fußangel zu tun. Ehrfürchtig sprach er: „Das Schloß ist gesucht. Denn zum einen ist es ein

Haus, zum anderen aber versperrt es Türen, auch jene zu einem Schloß. Somit schützt das Schloß das Schloß!"

Das Bronzeschloß spie einen Schlüssel aus und schloß sich laut auf. Der König öffnete die Tür und betrat einen Raum, der mit Lebkuchen ausgelegt war und am Ende eine mehrstöckige Sahnetorte aufwies. Ganz oben auf dieser Leckerei stand eine Tür aus bestem Zuckerwerk. Der König kletterte die Torte hinauf und untersuchte das silberne Schloß, das an der Zuckertür prangte. Knacken ließ es sich nicht. Da gesellte sich ein putziger Hamster zum König und zauberte mit einer Sahnespritze folgenden Spruch auf die unsinnige Tür:

„Niemand hat sie je gehört,
viele haben sie gestört,
kannst sie schwerlich nur beschreiben,
solltest du stets zapplig bleiben!
Bist du des Guten statt des Bösen,
magst du dieses Rätsel lösen
und ein drittes wird sich stellen.
Nutze deine Wissensquellen!"

Das war gar nicht so einfach zu beantworten. Was konnte das sein, das noch nie jemand gehört hatte? Und der Lebkuchen unten duftete so himmlisch, daß das Nachdenken schwerfiel. Schon wollte der König hinab und zulangen, als der Hamster aus einer verborgenen Putzkammer ein Gerät herausholte und begann, den Boden zu bohnern. Damit war der Lebkuchen ungenießbar. Außerdem machte die Bohnermaschine einen solchen Krach, daß man selbst das gedachte Wort nicht mehr verstand. Hinzu kam eine Trompete, die einen flotten Marsch schmetterte. Sieben Wecker rasselten hinterdrein, und irgendeiner Schwarzwalduhr war der Kuckuck entwichen und flog umher, um zum Mittagessen zu rufen. Kandierte Kirschen hüpften auf und ab und sangen das Lied vom Huhn, das gern Likör trank, Eier legte und dem Osterhasen dann rechtzeitig zum Fest Liköreier verkaufte. Der Hamster begann, im Takt zu schmatzen. Da geschah es, daß der König rot anlief vor Wut und rief: „Still! Nur einen Augenblick! Stille!" Da hielt alles inne, das Silberschloß sprang mit einem Klick auf, und der König machte, daß er durch die Tür kam. Ungeschickt wie er war, zerdepperte er sie dabei. Er probierte eine Zuckerscherbe und fand

sie geradezu köstlich.
Als nächstes gelangte der König in einen Raum, in dem nur ein Tisch stand, sonst nichts. Der Tisch war rund. Der König überzeugte sich davon. Da begannen am Boden Blasen aufzusteigen und formten sich zu gemütlichen Hockern. Der König nahm auf einem Platz. Nanu, begann es zu regnen? Es regnete Spielkarten! Sie drängelten sich auf des Königs Hand und formierten sich zu einem ansehnlichen Blatt. Dann hagelte es auch noch Dominosteine und Mensch-ärgere-dich-nicht-Figuren. Ein Eichhörnchen hüpfte herbei und steppte auf dem Tisch, bis alle Spielsteine und Karten ordentlich dalagen. Es räusperte sich, holte eine Rolle hervor und las von ihr ab:

„Je stärker er in dir erwacht,
ein Wille rasch sich dran entfacht,
und es erscheint ein Weg geschwind,
alle ihm nur hörig sind!
Bist du des Guten statt des Bösen,
magst du dieses Rätsel lösen
und kein weitres wird sich stellen.
Nutze deine Wissensquellen!"

Das Eichhörnchen steckte die Rolle brav weg, steppte und machte einen anmutigen Abgang. Der König mußte mitansehen, wie auf den übrigen Hockern plötzlich sämtliche Skatfreunde emporkeimten, gegen die er früher gewonnen hatte. Das gab einen Mordsspaß. Es wurde gespielt und gespielt, und der König gewann und gewann, ohne über das Rätsel nachzudenken. Er war ganz in seinem Element. Ihm war sogar entgangen, daß das Eichhörnchen das Loch in der Wand mit einem goldenen Schloß verkleidet hatte, dort, wo sich nur der Hauch einer Tür abzeichnete. Der König wollte gerade die Herz-Dame ausspielen, als er sich natürlich an seine Frau erinnerte und erschrocken auffuhr. Himmel, es war ja schon so spät!

„Ich muß meine Wissensquellen nutzen!" jammerte der König in alle Richtungen, aber seine Mitspieler beachteten ihn gar nicht. Nur das Eichhörnchen, das wirbelte flink zu seinen Füßen und brachte einen Atlas, dann ein Wörterbuch und ein zwanzigbändiges Nachschlagewerk. Der Raum war bald voller Bücher. Die Stapel schwankten beängstigend. Warum hatte der König nur nicht recht zugehört? Das Eichhörnchen geizte mit einer Wiederholung des Wortlauts, also mußte er alle Wörter probieren, die er finden konnte. Und wenn das nicht half, würde er kombinieren müssen, neue hinzuerfinden oder ganz verrückten auf die Schliche kommen. Hoffentlich überraschte ihn keine Heiserkeit. Er sah sich schon stricken.

„Ich wünschte, ich hätte mich nie darauf eingelassen!" klagte der König.

Da erschraken die Skatfreunde zutiefst. Alle Aufmerksamkeit galt allein ihm, als hätte er eine furchtbare Bemerkung gemacht. Aber natürlich! Er mußte dem gesuchten Begriff sehr nahe gekommen sein. Also probierte er weiter: „Einlassen? Einlasser? Nie? Niemals? Nimmer? Hätte? Haben? Könnte? Mir? Mich? Drauf?

Darauf? Wünschte? Wünsche?"

Alles zitterte, als der König hierauf tief Luft holte und rief: „Wunsch!" Das war tatsächlich das Gesuchte. Sofort drehte sich der Tisch um sich selbst und nahm alle Bücher, Spieler, Karten und Steine mit. Das goldene Schloß in der Wand wurde zu einem Türgriff, der König machte auf, und die Königin trat ihm entgegen.

„Teure Gattin!" jubelte der König und warf seine Krone vor Freude in die Luft. Nun mußte er doch nicht sein Leben lang stricken.

Die Königin schloß ihren Gemahl in die Arme und seufzte ach so glücklich, daß der König nichts zu sagen wußte. Sie betrachtete sein Gewand, ein Flickwerk aus allerlei Wollresten, und sprach: „Mein teurer Gemahl, ich wußte, du würdest alles tun, um mich zu befreien. Du magst den gemeinsten Drachen besiegen, es mit einer Räuberbande aufnehmen oder gar mit einem Riesen um die Wette rennen – alles, um mich zurückzugewinnen. Aber ordentlich stricken lernst du nie!" Noch immer saß ihr der Schalk im Nacken, ganz wie früher.

Der König schaute betreten drein, nahm jedoch als galanter Kavalier ihre Hand, um sie sanft zu küssen. Dabei rutschten der Frau Königin allerhand Spielkarten aus dem Ärmel. Schelmisch bemerkte der König: „Während ich fünf Jahre lang Drachen besiegen mußte, Räuberbanden in die Flucht schlagen und dummen Riesen eine Nasenlänge voraus sein, übtest du dich im Kar-

tenspiel. Ich hoffe, es war wenigstens von Erfolg gekrönt." Aber darauf ging sie nicht ein.

Als der König seine Frau hinausgeleiten wollte in sein eigenes wunderschönes Reich, erwies sich das als völlig unmöglich, weil treuergebene Wachen des Prinzen die Heimreise verwehrten. Von überall kamen sie herbei und versperrten den Weg. Der König sollte auf Anordnung des Prinzen gefangengenommen werden.
„Was ist los?" wunderte sich der König. Die Königin lächelte bedauernd und sagte: „Du hast recht, in den vergangenen Jahren habe ich beim Prinzen Skatspielen gelernt. Ich bin schon ganz gut. Leider nicht gut genug. Heute habe ich um dich gewettet und leider verloren. Lebewohl!"

Damit reiste die Königin heim, um erst einmal in aller Ruhe das wollene Heimatschloß zu entwirren. Und falls das nicht allzu lang gedauert hat, so fand sie gewiß noch Zeit, sich in der Stille des Schlosses den bedauernswerten König herbeizuwünschen. Wer weiß?

Runje
ausgedacht von Elisabeth Einhaus
abgeschrieben von Maria Hackmann
illustriert von Pia Eisenbarth
Ralf '88

Hoch oben in den nordischen Meeren lebte einst ein kleiner blauhäutiger Prinz, der nichts Schöneres kannte, als mit seinem Lieblingsboot durch alle Wasser des Lebens zu segeln, ob sie nun heiß oder kalt waren, wild oder spiegelglatt. Er liebte das Wasser und die Menschen und beherrschte sein Boot über alle Maßen gut.

Das gefiel seiner Mutter, der mächtigen Herrscherin der nordischen Meere. Nur machte sie sich Sorgen über die blaue Hautfarbe ihres einzigen Sohnes. Sie hatte alle Medizinfrauen des Landes aufgesucht, doch keine hatte eine Erklärung für die Blaufärbung gehabt.

Runje jedoch schien die blaue Haut nicht zu stören. Ihm fehlte nichts, er war kerngesund und stets gut gelaunt. Er lächelte nur, wenn er in besorgte Gesichter blickte. Seine Lebensfreude überzeugte die Königin mit der Zeit. Warum sollte sie sich Sorgen machen, wenn es ihrem Sohn gutging? Schließlich nahm sie Runjes blaue Hautfarbe als Zeichen dafür, daß die Natur Großes mit ihm vorhatte. Sollte es bedeuten, daß er der zukünftige Herrscher des flüssigen Elementes werden würde? Seit Jahrtausenden waren die nordischen Meere unter weiblicher Herrschaft, und Runje hatte auch zwei ältere Schwestern, die der Tradition gemäß Anspruch auf den Thron hatten.

Aber die Königin vertraute auf ihre Eingebungen und die kosmischen Gesetze, und so hegte sie fortan den Plan, ihren Sohn zu ihrem Nachfolger zu machen. Sie schaute mit Wohlwollen auf Runjes Entwicklung und freu-

te sich an seiner offensichtlichen Segelkunst. Tage verbrachte er auf Erkundungs-fahrten und kehrte stets müde, aber über-glücklich nach Hause zurück.
Den Töchtern gegenüber war die Königin mütterlich wohlwollend und fürsorgend, wie es von Mutter zu Kind üblich ist, jedoch ohne die bewundernde Liebe, die Runje genoß.
Dem kleinen blauhäutigen Prinzen war klar, daß er dazu bestimmt war, die Königstochter der nordischen Lande zu heiraten, denn der König hatte keinen Sohn, und das Land wur-de schon immer von Männern regiert. Run-je freute sich darauf.
Eines Tages war es soweit. Ein großes Fest war vorbereitet, und die Völker von Wasser und Land lebten schon seit Wochen in reger Vorfreude. Am Morgen des Hochzeitstages er-wachte der Prinz, trat vor den Spiegel und

betrachtete seinen blauen Körper.
Er mochte ihn. Er hatte Zutrauen zu seinen strahlenden Augen, zu seinen kräftigen Muskeln und zu seinen gewandten Händen.
Heute würde er König werden. Sein Herz schlug im Takt, als wolle es applaudieren.
Er spürte einen angenehm warmen Wind, der durch das offene Fenster strömte und seinen Körper einhüllte.
Mit diesem Luftstrom kam eine Taube ins Zimmer, deren Gefieder in der Morgensonne schimmerte.
Sie setzte sich auf Runjes Schulter und sprach zu seinem Spiegelbild: „In deinem Herzen ist ein roter Tropfen Blut, in ein Kristall eingeschlossen. Hüte und befreie ihn. Du bist der Beginn des blauen Zeitalters. Darum beschütze das rote Blut in dir, laß es leben und zirkulieren, es vermehrt sich

durch Liebe und Berührung. Verlasse diesen Ort und segle nach Süden, bis du weißt, was zu tun ist."

Runje erschrak, denn er kannte die Stimme der Taube.

Doch bevor er antworten konnte, flog sie aus dem Fenster der aufgehenden Sonne entgegen und ließ ihn allein mit dem Befehl – seiner Mutter.

Runje war verwirrt. Doch wie ihm geheißen, zog er sich an, schnürte ein Bündel Kleider zusammen und verließ unbemerkt in dem ganzen Festtagstrubel den mütterlichen Palast durch einen Hinterausgang.

Er ging, ohne sich umzuschauen, zum Hafen, takelte sein Boot und legte ab. Ein aufkommender Wind trieb Runje schnell von den heimatlichen Gestaden fort, und er se-

gelte sieben Tage und sieben Nächte auf die offene See hinaus.
In der letzten Nacht übermannte ihn der Schlaf. Runje träumte. Er schritt durch einen gepflasterten Vorhof auf das Portal eines wunderschönen Schlosses zu, von dem er sich immer gewünscht hatte, daß es einmal sein ZuHause sein würde. Doch es war kalt und leer, und die hohen Räume hallten unheimlich, als er nach den Bewohnern rief. Aber Runje richtete in Gedanken dieses Schloß so ein, wie er es sich vorstellte. Dabei halfen ihm die Leute aus der Umgebung, die er schließlich zu einem großen Fest einlud. Fortan regierte Runje in seinem Traum von diesem Schloß aus über die nordischen Meere und war glücklich und zufrieden, genauso wie sein Volk.

Ein knirschendes Krachen weckte den träumenden Prinzen, und gleichzeitig wurde er der Länge nach durch sein Boot geschleudert, daß ihm alle Knochen schmerzten. Runje blieb nichts anderes übrig, als an ein Rumpfholz geklammert den Klippen entgegenzuschwimmen. Das Boot, mit dem er schon so viele Abenteuer bestanden hatte, war nicht mehr zu sehen.

Erst als er wieder den kantigen Boden der Ufersteine unter den Füßen hatte, verstand Runje, was geschehen war. Er hatte alles, was er mitgenommen hatte, verloren. Nur er selbst war jetzt noch da, wo ihn der Wind hingebracht hatte.

Er blickte gen Himmel und sah hoch oben auf den Klippen der Steilküste eine aufragende Mauer. Was sollte er tun? Zurück ins Meer konnte er nicht. Und hier unten

verhungern wollte er nicht. Also machte er sich daran, Vorsprung für Vorsprung den Hang hinaufzuklettern. Die Möwen kreisten und kreischten um ihn her, und es schien ihm, als lachten sie ihn aus. Trotzdem gab es jetzt kein Zurück. Er mußte die Mauer erreichen, wollte er überleben, um dem Auftrag zu folgen.

Langsam kam er dem Fuße der Mauer immer näher, und er bemerkte, daß die einzelnen Steine blau schimmerten.

„Das ist mein Schloß", dachte Runje und machte sich auf die Suche nach dem Eingang. Doch die Schloßmauer war so groß und umspannte das gesamte Eiland, so daß Runje beschloß, sich erst einmal von der Strapaze des Aufstiegs zu erholen. Ein gesunder Schlaf war auch die beste Möglichkeit, Durst und Hunger zu vergessen.

Er kauerte sich in eine Mulde und legte den Kopf auf die Knie.
Ein leichtes Streicheln an seiner Wange ließ ihn zusammenschrecken. Er blickte in das Antlitz einer traumhaften Fee, die ihn freundlich anlächelte und ihm Speis und Trank reichte.
„Danke", sagte Runje unsicher und trank einen kräftigen Schluck des süßlichen Wassers, das ihm die Fee darbot.
„Hab keine Angst", hörte er die Fee sagen. „Wenn du dich gestärkt hast, mache dich auf und suche das Wasser des Lebens. Bring es in einem Gefäß hierher, das dir allein gehört. Dann wird das Leben dein sein, und du wirst wunderbare Dinge erleben."
Mit diesen Worten machte die Fee ein paar Schritte nach vorn und verschwand irgendwo zwischen den Klippen und dem schäumenden Wasser, das tief unten an die Steine schlug.

Runje dachte nach.
Was nützte ihm das Wasser des Lebens, wenn er nicht vorher sein Schloß angesehen hatte? Er machte sich also auf die Suche nach dem Eingang zum Schloßhof. Die dicke Schloßmauer war an einigen Stellen so dicht an den Abgrund gebaut, daß Runje sich selbst riet, nicht nach unten zu schauen. Aber nachdem er bis zur anderen Seite der Insel geklettert war, entdeckte er ein altes Holztor, das in den Angeln knarrte, als Runje es mit blutenden Händen aufstieß.
Er betrat den Hof und merkte sofort, daß er genau vor dem Schloß stand, von dem er auf See geträumt hatte.
Er durchschritt das üppige Portal und alle Räume vom Keller bis zum Dachboden und fand überall prachtvoll möblierte Zimmer vor.

Jedoch traf Runje auf keine Menschenseele. „Das muß anders werden", sagte Runje vor sich hin und verließ das Schloß wiederum durch das knarrende Holztor.

Die Sonne spiegelte sich auf den Wellen des Meeres, und einer ihrer Strahlen deutete auf ein kleines Fährboot, das – wie es schien – gerade den Hafen am Festland verlassen hatte, um zu der Schloßinsel herüberzukommen. „Wo sich ein Schiff bewegt, da müssen auch Hände sein, die es steuern", dachte Runje und stieg den steinigen Weg vom Schloß hinunter zum Wasser, um das Fährschiff zu empfangen.

Der alte Fährmann erschrak, als er den blauhäutigen Mann am Strand stehen sah, warf ihm aber trotzdem das Seil zu, mit dem er das Schiff an Land ziehen sollte. Runje fing es geschickt auf und machte den Kahn mit

einem gekonnten Knoten an einem Findling fest.
„Werter Mann, wo finde ich wohl das Wasser des Lebens?" ergriff er das Wort, bevor der Fährmann die Sprache wiederfand.
„Dort", antwortete der schroff und deutete aufs Meer hinaus.
„Das Wasser des Lebens ist überall. Woher kommst du, Blauhaut?" wollte er wissen.
„Ich komme aus dem Reich der nordischen Meere, und dieses Schloß wird mein Schloß werden. Kannst du mich auf das Festland übersetzen?" sagte Runje lächelnd. „Dann erzähle ich dir von Inseln und Meeresbuchten, die du noch nie gesehen hast."
„Also steig ein, Blauhaut, ich setz' dich über. So einen wie dich hat man ja nicht alle Tage an Bord."
Und Runje erzählte von seinen Abenteuern

im Reich der nordischen Meere. Und dem alten Fährmann gefiel es. Als sie am Strand des Festlandes anlegten, schlossen die beiden Männer Freundschaft, und ihre Wege trennten sich wieder.

Runje ging in das Wirtshaus des kleinen Hafenortes, um dort etwas Wasser zu erbitten. Vielleicht hatte der Wirt ja auch eine Flasche oder einen Krug für ihn übrig, womit er das Wasser des Lebens transportieren konnte. „Natürlich", lachte der Wirt, „für blaue Leute hab' ich stets noch eine Flasche übrig."

Runje freute sich, daß alles so einfach ging und lief zurück zum Fährmann, damit er ihn wieder übersetze.

Aber als er aus dem Wirtshaus trat, zersprang das Glas der Flasche in seiner Hand, und Runjes blaues Blut tropfte auf das Pflaster der Mole.

Neben ihm stand plötzlich die traumhafte Feengestalt, die seine Hand an ihr Herz preßte, um das Blut zu stillen. „Du solltest doch ein eigenes Gefäß finden, Runje", sagte sie sanft. „Mit einer geschenkten Flasche aus einem Wirtshaus kommst du nicht weiter. Du mußt es dir verdienen." Und wieder verschwand sie mit einem Schritt zum Meer hin in den Wellen.
Runje band sich einen Streifen seines Hemdes um die blutende Hand und ging zu den Hafenarbeitern und Fischern, um sie zu fragen, ob er für ein Gefäß bei ihnen arbeiten könne.
Die Männer aber lachten. Nein, für ein Gefäß würden sie keine Arbeit vergeben, schon gar nicht an einen blauen Mann.

Aber er könne es ja mal bei der Greisin, eine halbe Tageswanderung ins Landesinnere, versuchen. Die würde wohl eine Hilfe brauchen können – vielleicht hatte sie auch noch ein Gefäß übrig.
So machte sich Runje auf den Weg ins Landesinnere und ließ die häßlichen Männerstimmen hinter sich.
Und tatsächlich fand er nach ein paar Stunden Fußmarsch ein kleines, fast schon zerfallenes Haus, durch dessen verschmutztes Fenster er eine alte Frau erblickte, die mit geschlossenen Augen in einem abgenutzten Lehnstuhl saß.
Als er nach einigem Klopfen an die Tür keine Antwort vernahm, trat Runje durch die Tür, stellte sich vor und grüßte mit einer Verbeugung: „Guten Tag, gute Frau, ich bin Prinz Runje von den nordischen

Meeren und möchte gerne meine Dienste für ein Gefäß anbieten."

Die Alte blickte auf, begann zu zittern, und ihr hagerer Zeigefinger deutete spitz auf Runjes Brust. „Na endlich bist du gekommen. Wie lange habe ich jetzt schon auf dich gewartet? Ich habe Hunger." Runje schwieg, blickte sich um und entdeckte in dem heruntergekommenen Raum etwa ein Dutzend Tongefäße.

„Worauf wartest du?" fragte die Alte forsch. „Ich bin zu gebrechlich, um Holz zu hacken. Geh und mach Feuer. Dann essen wir zusammen."

Runje tat wie ihm geheißen und stellte seinen Wunsch vorerst hintan.

Bald putzte er das morsche Haus von oben bis unten, dann erneuerte er den Brunnen und pflegte den Garten, denn er wußte, daß die Pflanzen nur gedeihen konnten, wenn sie genug Wasser bekämen. Runje diente der alten Frau als Gehilfe und war sich sicher, daß der Tag kommen würde, an dem er sie nach einem Gefäß für seine Dienste fragen konnte.

Die Greisin wußte viel über das Leben und die Geheimnisse, und je besser es ihr ging, um so mehr erzählte sie davon.

Viele Abende saßen sie zusammen, und Runje erzählte wiederum von seiner Heimat, von seiner Mutter und seinen Schwestern und von seinem Auftrag. Und die Alte sprach von ihren Wünschen, ihrem Leid und der Freude. Manchmal sprach sie auch von der Liebe und der Demut.

Runje verstand jetzt, wovon sie sprach. Er spürte in seinem Herzen eine Welle der Dankbarkeit. Diese Welle erfüllte seine

Brust und spülte durch den ganzen Körper. Und es kam der Tag, an dem die Alte den Prinzen zu sich rief und sagte: „Unsere Wege trennen sich nun, mein Sohn. Du hast viel gelernt, und du hast mir geholfen. Jetzt ist ein neues Zeitalter angebrochen. Trage deine Hautfarbe stolz, wie es ihr gebührt. Aber wisse auch um den Blutstropfen in deinem Herzen, den du nun befreit hast. Das Kristall hat seine volle Leuchtkraft, und in dir fließt das Leben. Bedenke jedoch, daß es nur in Fluß bleibt, wenn du weiter Liebe und Demut geben kannst und berührst und berührt wirst. Übe es täglich und vergiß nicht, was wir in dieser Zeit gelernt haben.

Nimm diesen Krug. Es ist mein Geschenk an den neuen König der nordischen Meere. Er soll von Stund an dein sein. Du hast ihn verdient. Hüte ihn und fülle ihn mit dem Wasser des Lebens. Du findest es überall, wo du zu Hause bist."

Vorsichtig nahm die Alte den schönsten der Krüge und sagte zu Runje: „Schweig! Du wirst deinen Weg finden."

Der Prinz machte einen Schritt auf die Alte zu, umarmte sie herzlich und verließ mit dem Krug unter dem Arm das Haus, in dem er ein Jahr verbracht hatte.

Runje wußte, was er zu tun hatte. Er machte sich auf zum Hafen und erkundigte sich nach dem nächsten Schiffsbauer. „Kannst du denn überhaupt segeln, Blauhaut?" spotteten die Fischer, die ihre Netze flickten. „Ich glaube schon", sagte Runje gelassen. „Wenn ihr mich morgen früh mitnehmt, will ich es euch gerne zeigen." – „Wenn du den Mund nicht zu

voll genommen hast, empfehlen wir dich unserem besten Schiffsbauer, aber nun pack mit an und roll die Netze zusammen."
Runje schlief in dieser Nacht wieder am Strand – beim Rauschen der Wellen, die er liebte.
Als der Morgen graute, legten die Fischer ab. Runje nutzte den Wind am besten und fuhr den anderen Fischerbooten weit voraus.
„Kein Wunder, er trägt ja auch die Farbe des Wassers", sprachen die Männer am Abend in der Hafenkneipe. „Soll er doch beim Schiffsbauer anfangen." Der streckte ihm die Hand entgegen, und Runje kam jetzt jeden Tag zu ihm in die Werkstatt am Hafen, um sich ein Schiff zu bauen.
Im Laufe der Zeit sprach es sich herum, daß der blauhäutige Jüngling gut segeln konnte und sich selbst ein Boot zimmerte,

und die Leute begannen, Runjes Ausgeglichenheit und Gelassenheit zu schätzen. Ja, es kam sogar schon manchmal vor, daß sie ihn um Rat fragten, was denn der Himmel zum morgigen Wetter sage und ob er das Meer bei dieser Windstärke für zu gefährlich hielte.

Nach einem weiteren Jahr hatte Runje es geschafft: Sein neues Boot war fertig, und er hatte die Herzen der Fischerleute erobert. An einem herrlichen Morgen rief er alle Freunde zusammen und verabschiedete sich von ihnen mit den Worten:

„Ich verlasse euch heute, aber ich kehre zurück – und dann möchte ich, daß wir ein großes Fest auf der Schloßinsel feiern und daß wir fortan Freunde bleiben."

Die Dorfbewohner begriffen erst den Sinn seiner Worte, als Runje schon weit draußen auf der See in den Wellentälern verschwand. Sollte er tatsächlich der neue König der nordischen Meere sein, wie er gesagt hatte?

Runje segelte wiederum sieben Tage und sieben Nächte gen Norden, und er wußte, daß er seine Mutter und seine Schwestern wiedersehen würde. Und als die Taube mit dem glänzenden Gefieder am achten Tag über seinem Schiff kreiste, hüpfte sein Herz.

Die See wurde ruhiger, und bald erreichte Runje den Strand, den er als Kind so oft angesteuert hatte. Endlich konnte er sich ausruhen, und die Nacht zog ihre kühle Decke über ihn.

Ein weicher Kuß weckte Runje, und er glaubte, es sei wiederum ein Traum. „Guten Morgen, Runje", hörte er eine zarte

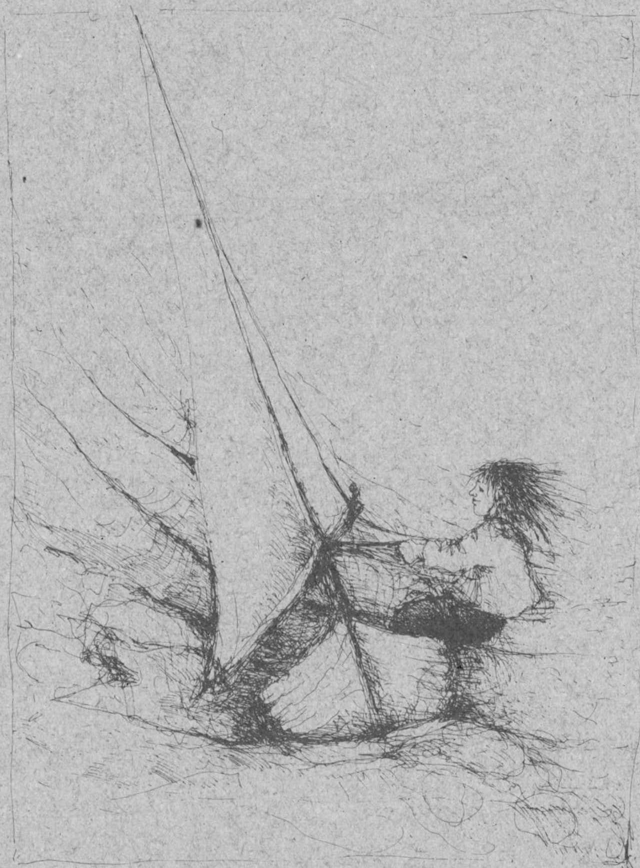

Stimme. „Ich spüre noch deine blutende Hand an meinem Herzen. Nimm mich mit in dein Reich."
Und als Runje die Augen aufschlug, verstand er, daß es die Prinzessin der nordischen Lande war, die ihn geküßt hatte und die ihm schon zweimal zuvor erschienen war. Sie nahmen sich fest in die Arme, und die Zärtlichkeit ihrer Hände ersetzte alle Worte.
„Laß uns gehen", sagte Runje schließlich, ohne die Prinzessin loszulassen. „Wir haben noch einen weiten Weg vor uns."
Ohne zu zögern sagte die Prinzessin: „Wo du hingehst, da will ich auch hingehen."
Und sie machten sich auf, um der Königin der nordischen Meere die frohe Botschaft zu überbringen.
Die Kunde von der Rückkehr des Prinzen

verbreitete sich wie ein Lauffeuer. Alle folgten dem Ruf der Königin, gemeinsam die Hochzeit auf hoher See zu feiern, und bald legten hundert Schiffe ab, um das Hochzeitspaar zu seiner Schloßinsel zu begleiten.

Runje ließ seinen gut behüteten Krug an einem Seil ins Meer hinab und schenkte das gefüllte Kleinod seiner Frau, als sie den Strand ihrer neuen Heimat erreichten.

Auf der festlich geschmückten Schloßinsel, von dem Bann ihrer jahrelangen Einsamkeit befreit, währte das Fest noch einmal sieben Tage und sieben Nächte, und fortan regierten Runje und seine Frau voller Wärme und Weisheit über die nordischen Lande und die nordischen Wasser.

Nachtigall und Sternenfee
ausgedacht von Elisabeth Poppe
abgeschrieben von Ralf Plenz
illustriert von Alexandra Felbinger

Im Gebüsch hinter dem Haus, in dem ein Bauer mit seiner Frau, ihren beiden Kindern und der Großmutter lebte, wohnte eine Nachtigall, weit hinten, etwas versteckt, nicht dort, wo der Pflug sich beinahe an ein großes Faß lehnte. Die Nachtigall sang so wunderschön, daß eine Sternenfee, die hoch oben in einem Zacken ihres Sternes lehnte und lauschte, sich in sie verliebte. Sie sprach zu einer befreundeten Wolke: „Wolke, bitte trage mich zum Mond", und die Wolke trug sie dorthin. Da sprach die Fee zum Mond: „Ich muß hinunter auf die Erde, bitte nimm Deine Flöte und rufe damit das Zauberpferd, das schneeweiße mit den Flügeln, auf daß es mich hinuntertrage zu dieser Nachtigall, die mein Herz so stark berührt hat".

So geschah es. Und weil die Nachtigall immer geahnt hatte, daß es eine Sternenfee gab, die ihren Gesang besonders tief in sich aufnahm, war es so, wie es immer ist, wenn sich zwei begegnen, die voneinander und umeinander wissen, ohne sich schon getroffen zu haben.

Die Sternenfee ging des Nachts, wenn der Mond am sanftesten schimmerte, hinaus auf die Lichtung im nahen Wald, die Nachtigall aber flog um ihr Haupt und sang.

Und wenn die Fee sich zu Füßen eines Baumes auf den Waldboden bettete, setzte sich die Nachtigall auf einen nahegelegenen Ast; und ihre Lieder klangen, als tönten sie zum Mond hinauf und wieder herunter zur Erde. Das ist sicher auch so gewesen; alle anderen Sternenfeen und der Mond haben diesen Gesang gehört, sich daran erfreut, aber sie waren auch neidisch, da er ihnen nicht galt.

Es kam aber die Nacht, da Sternenfee und Nachtigall voneinander Abschied nehmen mußten, denn es war ihnen nicht möglich, auf Dauer miteinander zu leben. Beide waren voller Trauer und auch voller Freude über

das Wunderbare, das sie miteinander erleben durften. So ritt die Sternenfee langsam auf ihrem geflügelten weißen Pferd zurück in den Himmel, die Nachtigall aber kreiste um sie in immer größer werdenden Ringen, bis fast in die Wolken hinauf.

Die Nachtigall weiß seither, für wen sie singt, und die Sternenfee hoch oben, wenn sie in ihrem Sternenzacken lehnt und lauscht, weiß, daß diese wundervollen Töne nur ihr gelten, und so können die beiden doch beieinander bleiben, füreinander da sein und sich ihre Liebe zueinander bewahren.

Und solange es Sternenfeen gibt,

die zu hören verstehen und Nachtigallen, die um eines anderen Willen singen, bleibt doch immer noch etwas in der Welt, um das es sich lohnt.

„Was ist das, rosa?"
ausgedacht von Kai Riedemann
abgeschrieben von Ralf Plenz
illustriert von Alexandra Felbinger
RP
40688
MKV

Myra lebte schon lange im Land ohne Sonne. Für sie war es stets Nacht.

Sie kannte keine Wolken, kein Feuer, keinen Regenbogen und kein Spiegelbild. Nicht einmal Farben gehörten zu ihrer Welt.

Der Vater sagte: »Dies ist ein Ball.« Und Myra spürte etwas Rundes in ihren Händen.

Die Mutter sagte: »Dies ist ein Würfel.« Und Myra spürte etwas Eckiges.

So baute sie sich mit den Fingern ein Bild ihrer Welt.

Bis ER kam.

Es war die Großmutter, die ihn mitbrachte – genau am fünften Geburtstag. Myra mußte ihre große faltige Hand schütteln, spürte einen Kuß auf der Stirn und dann plötzlich etwas Weiches im Arm.

»Das ist ein Bär!« hörte sie Großmutters Stimme. »Er ist rosa.«

»Was ist das: rosa?« fragte Myra.

Aber die Großmutter antwortete nicht.

Sie tranken alle zusammen Kakao. Sie aßen alle zusammen Schokoladentorte. Sie tanzten alle zusammen um den Geburtstagstisch.

Erst am Abend, als die Mutter sagte, daß die Sonne schon untergegangen war, da konnte Myra ihren Bären richtig kennenlernen.

Sie lag im Bett und fühlte.

Ein dichtes weiches Fell, das manchmal knisterte, wenn man darüber streichelte.

Eine kalte glatte Nase mitten im Gesicht.

Zwei runde Augen.

Auch die waren kalt und glatt. Aber je häufiger Myra sie berührte, um so wärmer

wurden sie.

Erst spät schlief das Mädchen aus dem Land ohne Sonne an jenem Abend ein – mit dem Bären im Arm.

Dann kam der Traum. Eigentlich war es nur eine Stimme: die Stimme der Großmutter. Myra hörte sie wie aus weiter Ferne. »Der Bär hat zwei Augen«, hörte sie die Stimme sagen, »zwei große runde Augen. Und er gehört jetzt dir. Auch die Augen gehören jetzt dir. Beschütze sie gut.«

Am nächsten Morgen wußte das Mädchen noch alle Worte. Sie hatte die Stimme deutlich im Ohr: »Die Augen gehören jetzt dir. Beschütze sie gut.«

Und Myra beschützte sie gut.

Tag für Tag trug sie den Bären in ihrem Arm. Sie rieb seine Augen warm und erzählte ihm von ihrer Welt. Sie gab ihm einen

Namen: Justus. Und sie stellte Fragen.

Sieben Tage waren vergangen, da wußte sie, was rosa ist. Sie hielt Justus ganz dicht an ihr Gesicht, spürte das weiche Fell und sah, daß es ein rosa Fell war.

Acht Tage waren vergangen, da wußte sie, was Wolken sind. Sie hielt Justus aus dem Fenster, das Gesicht zum Himmel gerichtet, und sah die weißen Wolken ziehen.

Neun Tage waren vergangen, da wußte sie, was ein Feuer ist. Sie hielt Justus dem alten Kamin entgegen und sah, daß darin ein Feuer brannte.

Zehn Tage waren vergangen, da wußte sie, was ein Regenbogen ist.

Sie hielt Justus in die letzten Regentropfen und die ersten Sonnenstrahlen und sah, daß sich ein Regenbogen über den Himmel spannte.

Elf Tage waren vergangen, da wußte sie, was ein Spiegelbild ist.

Sie hielt Justus im Arm, stand direkt vor dem großen Spiegel und sah sich selbst.

Ein kleines Mädchen mit einem rosa Bären im Arm. Weiße Söckchen, ein blaues Kleid, eine Schleife um den Hals. Lange rote Haare, eine Stupsnase, Sommersprossen.

Nur eines sah sie nicht: ihre Augen.

Da waren nur die leuchtenden Glasaugen im Fellgesicht des Bären.

Myra drehte sich um und weinte.

In der nächsten Nacht lag Justus am Fußende ihres Bettes. Sie nahm ihn auch nicht mit zum Frühstücken, nicht mit zum Spielen. Erst am Abend stellte sie sich wieder mit ihm vor den Spiegel und betrachtete ihr Spiegelbild.

Weiße Söckchen, ein gelbes Kleid, keine

Schleife um den Hals. Lange rote Haare, eine Stupsnase, Sommersprossen. Und mitten im Gesicht Nebel. Dichter grauer Nebel.

Wieder drehte Myra sich um und weinte.

In der nächsten Nacht schlief Justus unter dem Bett. Weitere drei Tage waren vergangen, da stellte sich Myra erneut vor den Spiegel. Aber diesmal drehte sie sich nicht um. Und sie weinte auch nicht. Diesmal legte sie ihre Finger um die glänzenden Augen des Bären.

Sie fühlte die Wärme. Und sie dachte an die Stimme: »Die Augen gehören jetzt dir. Beschütze sie gut.«

»Sie gehören mir!« sagte sie laut. »Sie gehören mir.«

Und mit einem kurzen Ruck riß Myra dem Bären die Augen aus. Sie lachte, preßte die Augen an ihre Stirn und lief zurück

in ihr Zimmer.

In dieser Nacht schlief der Bär wieder unter dem Bett. Myra schlief gar nicht. Sie umklammerte nur die Augen ganz fest mit ihren kleinen Händen.

Bis zum nächsten Morgen.

Früh stand sie auf, tastete sich ans Fenster und rieb mit ihren Daumen über die kalten glatten Augen. Aber diesmal blieben sie kalt und glatt. Sie wurden nicht warm, sie wurden nicht glänzend. Sie blieben kalt.

Myra blickte hinaus aus dem Fenster. Aber sie sah keine Wolken, kein Feuer, keinen Regenbogen. Und als sie vor dem Spiegel stand, fehlte auch ihr Spiegelbild.

Sie drehte sich um und weinte.

Dann holte sie den Bären unter dem

Bett hervor. Sie strich ihm sanft über das weiche Fell, das langsam feucht wurde. »Justus«, fragte sie, »was ist das: rosa?«

Aber der Bär antwortete nicht.

Der Spott
des Prinzen
ausgedacht von Christian Schloßer
abgeschrieben von Susanne Gronwald
illustriert von Christine Ruge
ralf '88

Einst lebte in einem klitzekleinen Königreich ein junger Prinz, der den lieben langen Tag nichts anderes zu tun pflegte, als aus dem Fenster zu gucken. Er steckte seinen Kopf hinaus und blickte hinunter auf das Volk, das die königlichen Straßen hinauf- und hinablief. Seinem Vater, dem Herrscher, mißfiel das sehr. Er hätte lieber gesehen, daß sein Sohn beim Lehrmeister säße und all das lernte, was man über die Staatskunde zu wissen hatte. Aber jedesmal, wenn der König den Prinzen schelten wollte, fiel ihm die Königin ins Wort und sprach: „Laß ihn doch nur aufs Volk gucken. Da spielt sich die Welt auf kleinstem Raume ab." Dann führte sie allerhand Beispiele an und rollte so lustig mit den Augen, daß der König lachen mußte und großzügig klein beigab. Die Frau Königin war sehr begabt, wenn es darum ging, Trübsal zu verscheuchen. So kam es, daß mancher Gelehrte zu glauben begann, sie stamme von einem wunderlichen Zaubervolke ab.

Der Prinz nutzte es weidlich aus, stets ungeschoren davonzukommen. So jauchzte er manches Mal übers andere, wenn etwa Dorflümmel sich beim Fußballspielen verletzten oder der Marktfrau unterwegs der Karren entglitt und die Ladung Äpfel den Hügel hinab- und vorausrollte. Dann lief der Prinz flugs zu Hausdiener, Magd und Köchin und rief: „Dem Schneider ist die Hose geplatzt vom vielen Essen!" Oder: „Einer der tollpatschigen Musikanten hat seine winzige Flöte verschluckt!" Oder aber: „Die dummen Köter vom Bäcker wollten es mit einem Wolf aufnehmen!" Dann hatten Diener, Magd und Köchin in die Hände zu klatschen, erschrocken die Hand auf den Mund zu legen und „Unglaublich!" zu sagen. Taten sie ihm den Gefallen nicht, so war der Prinz enttäuscht oder gar beleidigt.

Er rannte schnurstracks zur Frau Königin und klagte der Mutter sein Leid. Sofort bekamen die Höflinge die lustigsten Anweisungen, etwa einen Tag auf den Händen zu laufen oder nur Worte zu gebrauchen, die mit einem „A" anfingen oder mit Schweinen um die Wette zu rennen. Danach parierten die Untertanen am Hofe für eine ganze Weile.

Bald hatte der Prinz wieder einmal Geburtstag, und das brachte ein ganzes Stück Arbeit mit sich. Das Jahr über sammelte der Prinz nämlich alles Lächerliche, was er bei den Leuten im Volk beobachtet hatte, und ließ es in die Königliche Zeitung setzen. Die Zeitung erschien nur einmal im Jahr, eben am Geburtstag des Prinzen, und war ganz aus Gold gemacht sowie mit Edelsteinen bestückt. Es gab nur ein Exemplar, aber das war so viel wert wie der Lohn aller treuen Untertanen zusammen. Damit jedoch alle den Spott des Prinzen vernehmen konnten, wurde das Blatt öffentlich verlesen. Eher zähneknirschend hörten alle dann mit an, wie man sich über sie lustig machte und manch gehütetes Geheimnis so mir nichts, dir nichts preisgegeben wurde.

ziel

Als nun der Geburtstag vor der Tür stand, war die Stimmung im Volke nicht eben gut. Man erwartete wieder einmal das Schlimmste. So sehr fürchtete man nicht einmal die Nachtkobolde, die seit einiger Zeit ihr Unwesen trieben und sich des Nachts versammelten, um traurige Geschichten zu erzählen.

Am Tag vor seinem Geburtstag setzte sich der Prinz an seinem Fenster in Positur und spitzte die Ohren bis tief in die Nacht. Gegen Mitternacht nickte er kurz ein, als er dann aber die Augen aufriß, entdeckte er unter seinem Fenster ein koboldähnliches Mütterchen, alt und mit rotunterlaufenen Augen. Sie war grausig anzusehen, diese Hexe mit ihrem Wanderstab. Sie blickte zum Prinzen hinauf und ihm geradewegs ins Gesicht.

„Was starrst du mich so an, erbärmliche Alte?" spottete der Prinz. „Mach, daß du fortkommst! Wie, du bleibst stehen? Paß nur auf, ich erzähle, du hättest Wolfsbeine, Schmetterlingsflügel und eine platte Nase! Das alles kann ich dir andichten! Soll ich es in die Zeitung setzen lassen?"
Die Alte zögerte und sprach mit rauchiger Stimme: „Soll sein, soll sein. Aber hüte dich, denn was in deiner Zeitung steht, ist wahr, auch wenn's gelogen ist! Ich geh' jetzt weinen, und morgen komme ich lachen und hole dich!" Das Mütterchen verschwand in der Finsternis. Der Prinz erschauerte, schrieb aber alles einem merkwürdigen Traum zu, obwohl er wußte, daß es keiner gewesen war.
Am nächsten Morgen beschloß der Prinz, die Alte der Nacht wegzuspaßen. In der

Frühe klingelte er alle Bediensteten aus den Betten und verkündete, was es für Neuigkeiten gab. Alles geriet in Bewegung. Das Gold lag bereit, wurde geschmolzen und in die rechte Form gebracht. Die Schlagzeilen wurden mit Diamanten verziert.

Schon hatte sich das Volk versammelt. Es war aber mit faulen Tomaten und stinkenden Eiern bewaffnet, um sich bei Beleidigungen zu wehren und endgültig mit dem Prinzen abzurechnen. Die Zeitung wurde verlesen, doch nicht eine einzige Begebenheit aus den Reihen des Volkes fand dort Beachtung. Es war nur von einem alten Mütterchen die Rede, und hätte der Prinz nicht Beine, Flügel und Nase so absonderlich beschrieben, hätte man durchaus an eine Nachtkoboldin gedacht.

Gerade ihre Traurigkeit deutete darauf hin. Da niemand aus dem Volke beleidigt wurde, brauchte dieses auch nicht grantig zu werden. Allein die unheimliche Geschichte vom Nachtwesen hatte den Sturz der gesamten königlichen Familie vermieden. Der König und auch der Prinz ahnten nichts davon.

Plötzlich brauste es in den Lüften, und das alte Mütterchen erschien vor den Augen des Volkes. Die Alte kam geflogen mit zitronengelben Schmetterlingsflügeln. Ihre Beine waren haarig wie die eines Wolfes. Alle paar Flügelschläge plumpste sie auf die Erde und drückte sich am Boden die Nase platt und platter. „Sieh, das hast du mir angetan!" kreischte das Mütterchen dem Prinzen zu und fiel – rums! – erneut zu Boden.

„Geschieht dir recht!" wehrte sich der Prinz tapfer. „Du hast mich so traurig angesehen letzte Nacht, daß mir bald das Herz schwer geworden ist. Nun gab ich dir schreckliche Beine und schöne Flügel, denn erst am Schönen ist das Häßliche richtig häßlich!" – „Das ist ein Nachtkobold!" erkannten einige Untertanen. „Helft mir!" jammerte der Nachtkobold traurig. Als niemand Anstalten machte, dem Kobold zu helfen, hielt er auf den Prinzen zu und sprach: „Sonst gibt es kein Zurück!"

Der König sah, wie der Kobold auf den Prinzen zustürzte und schrecklich mit den Augen rollte. Da begann der König plötzlich zu lachen, daß der Bauch gehörig ins Wackeln geriet. Und wenn der König lachte, dann steckte das an.

Schon krümmten sich die Untertanen und gackerten wild. Selbst der traurige Nachtkobold konnte nicht anders und lachte aus vollem Herzen mit. Der Prinz sah auf. Mit dem Kobold ging eine Verwandlung vor sich. Alles Häßliche verschwand, und schon stand leibhaftig die Frau Königin vor ihm.

„Mutter!"

Da erzählte sie, daß alle Feen, die tagsüber den Scherz pflegten, des Nachts einander die traurigsten Geschichten erzählen müßten. Dann aber seien sie von jämmerlicher Gestalt. Darum hatte der Prinz seine eigene Mutter nicht erkannt. Und sollte der Prinz seine Lektion nicht gelernt haben, so wird es wohl in der nächsten Königlichen Zeitung stehen.

Alle die an diesem Buch mitgemacht haben

– etwas geschrieben, abgeschrieben oder illustriert –

Alexandra Felbinger

Seit 21 Jahren auf der Suche
nach einer sinnvollen Tätigkeit.

Barbara Eckholdt

1953 in Hamburg geboren.
Noch immer hier wohnhaft.

Christian Schloßer

Jahrgang 1965, gebürtiger Berliner.
Derzeit Studium der Germanistik,
Publizistik und Bibliothekswissenschaft
an der FU Berlin.
In Kürze Inangriffnahme der Vorbereitungen zur Magisterprüfung.
Lieblingsdichter: E.T.A. Hoffmann

Christine Ruge

1957 geboren, lebt in Hamburg. 1977 soziales Jahr in der Republik Irland. 1984 Abschluß als Kunsttherapeutin an der anthroposophisch orientierten Studienstätte Ottersberg. Seit 4 Jahren tätig als Malerin sowie als Seminarleiterin und Kunsttherapeutin.

Elisabeth Einhaus

geb. 1952. Ich lebe mit meiner Familie in Hamburg und arbeite dort als Psychotherapeutin in freier Praxis. Märchen sind für mich wie Geschenke aus einer geheimnisvollen inneren Welt, die uns ermöglichen, die äußere Welt der Wirklichkeit in einem immer neuen Licht zu sehen und das Leben selbst als Märchen zu verstehen.

Elisabeth Poppe

geb. 1928, Verlagsbuchhändlerin, Tätigkeiten in allen Bereichen des Buchhandels. Arbeit bei einer Bank, Marionettentheater gespielt. Eheschließung war der Hauptfehler, Trennung die beste Tat im Leben.

Sechs Jahre Arbeit in einer bekannten Frauengruppe für die Frauenbewegung. Leitung von Seniorenkreisen. Div. Veröffentl.

Erika Oehler-Schmalhusen

geb. 1940 in Hamburg, begann als 13-jährige Gedichte zu schreiben. Beruflich als Reisende tätig, betrachtete sie ihr Schreiben als Hobby, bis sie, um ihrer damaligen Firma einen Gefallen zu tun, 1983 ihre erste Kindergeschichte schrieb.

Jörn Plenz

38,
der Zeit entweder hinterherhinkend oder vorauseilend, versuche ich ihre Zeichen zu erahnen, zu erfassen und niederzulegen – um sie aus anderen Blickwinkeln wieder aufzurichten und ihnen einen neuen Halt zu geben.

Kai Riedemann

seit 1957 in dieser Welt (mehr oder weniger). Lehrbeauftragter an der Universität Hamburg, Dr. phil., Verfasser absurd-realistischer SF-Erzählungen, Kinderbuchautor, Cartoon-Zeichner, Märchenerzähler.
Lebt in Elmshorn.

Margrit Schmidt

Für mich hat Schrift neben der Information auch einen ästhetischen Wert.

Maria Hackmann

22 Jahre.
Ich mag alles, was schön, interessant und phantasievoll ist: Bilder, Musik, Geschichten und Gedichte.
Das Schönste für mich ist Malen, Zeichnen und Texte in Schönschrift abzuschreiben.

Marion Wolf

geb. 1950 in Ansbach / Mfr.
Studium der Pädagogik /Publiz. und Psychologie. Zweiter Anlauf zum Examen endet bei schwerem Unfall.
Seither schreibe ich Märchen, Kurzgeschichten, Theaterstücke (unfertig), Kabarett; suche nach Existenzsicherung als Pädagogin und Erfinderin.

Nicola Norden

geb. 1955 in Hamburg.
In Münster Studium der Geschichte und Publizistik, Volontärszeit in Hamburg, bei Radio Luxemburg, dann in Südeuropa.
Kurzhörspiele, Neue Märchen.
Lebe mit Freund und Kollegen in der Nähe von Athen.

Pia Eisenbarth

geb. 1960 in Zweibrücken.
In Wiesbaden Ausbildung zur Grafik-Designerin.
Arbeitet freiberuflich als Buchillustratorin und zeichnet archäologische Funde im römisch-germanischen Zentralmuseum in Mainz.

Ralf Plenz

33 Jahre, lebe in Hamburg, Dipl.-Päd, Grafiker und Buchhersteller.
»Die kleine Märcheninsel« ist mein 6. handgeschriebenes Buch. z.Zt. nütze ich meinen einjährigen Bildungsurlaub zum Vertiefen meiner EDV-Kenntnisse im Satz- und Grafik-Bereich. Ende 1988 erscheint von mir ein Fachbuch zum Thema »Verlagsgründung«.

Susanne Gronwald

33, Layouterin
... Illustrieren und mit der Feder schreiben: ein angenehmer kleiner Ausbruch aus der Grafiker - Alltagsroutine.

Ulrich (Ulli) Karger

gebürtiger Berchtesgadener, 31 Jahre, davon die letzten 11 in Berlin altgeworden.
In Wirklichkeit lebe ich zusammen mit Regina, Marion und Daniel.
Gemeinsam den Wahrheiten z.T. schon auf der Spur, versuche ich Fährten zu beschreiben, u.a. mit Ulli Panitz.
Alles nur ein Märchen?

Ulli Panitz

... seit 15 Jahren sind meine Bilder immer wieder kleine Rätsel, kleine Wunder, kleine Überraschungen für mich – und hoffentlich auch für andere.

Dank fürs Korrekturlesen: Susanne Krause, Sibylle Pötz-Schmidt

Dank fürs Drucken: Andreas, Jochen, Thomas, Arne (Druckplatten).

Inhalt:

Wie die Maus verschwand und Otto nach Hause kam

Acht Geschichten für Kinder ab 6 Jahren

120 Seiten, 14,8 x 17,5 cm, Pp, Titel vierfarbig, 25 Illustrationen
ISBN 3-920 641-31-0
1. Auflage 1988 19,80 DM

Henning Heske

Lireillas Badewannen-parties

Eine Geschichte für Kinder ab 8 Jahren

120 Seiten, 14,8 x 17,5 cm, Pp, Titel vierfarbig, 12 Illustrationen
ISBN 3-920 641-30-2
1. Auflage 1988 19,80 DM

Das kleine Märchenbuch

Von einem traurigen Zauberer, dem Mond, der endlich den Rockzipfel seiner Mutter Erde loslassen will, von Lena, die in ihren Spiegel klettert und eine lange Reise macht, und von vielen anderen erzählen die liebevoll handschriftlich gestalteten – aber durchaus modernen – Märchen in diesem Band.

168 Seiten, Umweltschutzpapier, 14,8 x 17,5 cm, fest geb., Lesezeichen, Titel Pariser Marmor, 28 Illustrationen,
ISBN 3-920 641-02-7
12. Auflage 1988 24,80 DM

Die kleine Märchengalerie

7 neue Märchen und Bilder erwarten den Leser in der Märchengalerie, außerdem eine Galeriebesucherin, die bei ihrem Rundgang von Raum zu Raum eine ganz eigene Geschichte erlebt, die sich wie ein roter Faden durch das Buch zieht.

208 Seiten, Umweltschutzpapier, 14,8 x 17,5 cm, fest geb., Lesezeichen, Titel Pariser Marmor, 46 Illustrationen,
ISBN 3-920 641-03-5
4. Auflage 1988 24,80 DM

Ottenser Hauptstr. 48
2000 Hamburg 50
Tel. 040/39 32 25

Metta Kinau Verlag

Lesen beflügelt